ASAL DARDAN

BETRACHTUNGEN EINER BARBARIN

HOFFMANN UND CAMPE

1. Auflage 2021

Dieses Werk wurde vermittelt durch die Agentur Brauer.
www.hoffmann-und-campe.de
Umschlaggestaltung: Rothfos & Gabler, Hamburg
Umschlagabbildung: © Stocksy / Robert Kohlhuber
Satz: Pinkuin Satz und Datentechnik, Berlin
Gesetzt aus der Adobe Caslon Pro
Druck und Bindung: GGP Media GmbH, Pößneck
Printed in Germany
ISBN 978-3-455-01099-2

HOFFMANN
UND CAMPE

Ein Unternehmen der
GANSKE VERLAGSGRUPPE

INHALT

Für meine Heimat:
Francis und Sixten, Aiyleen und Pieter

SPITZWEG

Was ich habe, will ich nicht verlieren, aber
wo ich bin, will ich nicht bleiben, aber
die ich liebe, will ich nicht verlassen, aber
die ich kenne, will ich nicht mehr sehen, aber
wo ich lebe, da will ich nicht sterben, aber
wo ich sterbe, da will ich nicht hin:
Bleiben will ich, wo ich nie gewesen bin.

Thomas Brasch

Meine Flucht ist eine Erzählung, keine Erfahrung. Ich war dabei, habe die Gesichter meiner Eltern beobachtet, die Gesichter der anderen Fluggäste, die der Grenzpolizisten. Ich habe vermutlich viel geschlafen und ein wenig gebrabbelt und geweint, dies und das wahrgenommen. Meine Eltern mussten das Land, in dem ich geboren wurde, mit einem Koffer und einem einjährigen Kind verlassen; und alles, was sie als Familie hätten sein können, hinter sich lassen. Zum Beispiel das Haus, in dem ich hätte aufwachsen können, und die Sprache, die mich geprägt hätte. Beinahe, fast. Stattdessen bleiben mir überlieferte Fragmente: das Auto meiner Eltern, das auf dem Weg zum Krankenhaus von der protestierenden Menschenmenge angehalten wurde, obwohl sich darin eine Frau in den Wehen befand. Der Chauffeur meiner Eltern, der mich wenige Stunden nach der Geburt begutachtete und meinen kleinen Fuß in den Mund nahm, um mir später einmal davon erzählen zu können. Mein Vater, der die Fassung verlor und mich beinahe fallen ließ, weil ich nicht zu schreien aufhörte, als meine Eltern sich mit mir im Haus vor den Demonstrant*innen versteckten. Die bejubelten Schritte an meinem ersten Geburtstag in einem weiß-blauen Schottenrock, den meine Tante aus Aberdeen geschickt hatte.

Meine eigene Erinnerung setzt irgendwann in der Hochhauswohnung im Kölner Stadtteil Höhenberg ein. Ich sitze alleine am Küchentisch, esse Hühnersuppe und warte auf den Weihnachtsmann. Ich ahne bereits, dass mein Vater derjenige ist, der die Geschenke unter den Baum legt, vermute aber, dass das in Absprache mit dem Weihnachtsmann geschieht. Ich will mich vorbildlich verhalten. Die Engel beobachten mich, einer fliegt sogar über den Kopf meiner Mutter hinweg durch den Türrahmen, während sie auf den Knien den Linoleumboden putzt. »Immer putzt sie, deine Mutter«, sagt mein Vater. »Dabei versteht sie nicht, dass sie so das Gift nur weiterverbreitet.« Ich glaubte ihm alles, weil er alles wusste.

Wenn ich an die Zeit in dieser Wohnung zurückdenke, dann ist meine Mutter fast unsichtbar, weil mein Vater jeden Winkel meiner Erinnerung ausfüllt. Das mütterliche Gerüst hielt alles zusammen, aber es war die väterliche Zierde, die ich bewunderte. Er brachte mir das Fahrradfahren und Schachspielen bei, er ließ mich stundenlang auf seinem Schoß sitzen, während er persische Gedichte rezitierte oder mir die Welt erklärte. Er behandelte mich wie eine kleine Freundin, deren Gesellschaft er wertschätzte. Heute denke ich, dass ich seine einzige Freundin war, und das macht mich sehr traurig. Doch nichts an dieser Zeit wirkte verdächtig oder deutete darauf hin, dass sie von einem Tag auf den anderen enden würde. Im Grunde hatte ich eine idyllische Kindheit, auch wenn die Hochhäuser von Höhenberg nicht die klassische Kulisse dafür sind.

Aber ich dachte nicht viel über mein Leben nach, ich *war*, und bloß sein zu können kommt einer Idylle sehr nahe. Wenn man sie nicht wahrnimmt, kann Enge sehr gemütlich sein, gerade als Kind. Ich hatte die gleiche rosa Tapete mit weißen Punkten wie Ernie aus der Sesamstraße, und ich fand es aufregend, die Tüten in den Müllschlucker zu werfen und dann in den knarzenden Aufzug zu springen. Alles befand sich an seinem Platz, und mein eigener Platz befand sich im Zentrum von allem. Erst viel später machte sich bemerkbar, dass mir die materiellen und symbolischen Anhaltspunkte fehlten, um mich und meine Eltern in dieser Welt zu verorten. Inzwischen sind mir meine Eltern entwischt, und damit sind mir auch Teile meiner selbst entwischt. Man gewöhnt sich daran, dass das Leben wie ein Netz ist, etwas bleibt ja doch darin hängen. Nach dem Rest darf man nicht greifen, sonst reißen die Maschen, und dann ist alles weg.

Da meine Eltern kaum etwas aus dem Iran hatten mitnehmen können, fingen wir ohnehin mit wenig an. Es gab in unserer Wohnung keine Familienfotos und keine Erbstücke, keine alten Bücher, keine über Jahre gesammelten Gegenstände, keine Souvenirs oder Dinge, die man einfach nicht wegwirft, obwohl sie keinen Nutzen mehr haben. Es gab dort keine Erinnerungen, nur eine hatte ich selbst erschaffen, als ich mit einem Löschstift einen lächelnden Eierkopf auf unser neues braunes Ledersofa malte. Wir hatten nicht oft Gäste, aber wenn mal jemand bei uns war, gab es immer diese Geschichte zu erzählen, wie Asal direkt an dem Tag, als das Sofa geliefert wurde, ein Gesicht darauf verewigt hatte. Auf diese Geschichte war ich stolz, auch wenn ich zu dieser Zeit noch eine brave Tochter sein wollte.

An unseren Wänden hingen mehrere Drucke von Carl Spitzweg: *Der Kaktusfreund*, *Der ewige Hochzeiter*, *Der Bü-*

cherwurm. Ich weiß nicht, wie sie dorthin kamen, aber ich mochte diese Bilder, ihre Beschaulichkeit und Harmlosigkeit. Sie waren, was sie zeigten. Hübsche erdfarbene Kulissen, in denen sich manierliche Menschen bewegten, die genau dort waren, wo sie hingehörten, und dennoch der Gegenwart zu entkommen schienen. *Der Kaktusfreund* gefiel mir ganz besonders. Er wusste, was zu tun war, welche Kleidung er zu tragen hatte, wie er sich bewegen sollte und womit er seine Zeit verbringen wollte. Er war, was er war. Ein alter Herr mit Pfeife, der in aller Ruhe im Garten inmitten seiner Pflanzentöpfe steht und eine einzelne rote Kaktusblüte inspiziert.

Damals wusste ich nicht, dass ich Spitzwegs hübsche Häuser und Straßen nicht in meiner Stadt wiederfand, weil sie in der Zwischenzeit von Bomben zerstört worden waren. Auch von Spitzwegs spöttischer Kritik am Biedermeierlichen seiner Zeit oder davon, dass er einer von Hitlers Lieblingsmalern war, hatte ich als Kind selbstverständlich keine Ahnung. Spitzwegs Bilder sind in der Tat zuweilen humorvoll, aber sogar der Humor ist durch und durch spießig, weshalb es mich nicht wundert, dass dem provinziellen Kitschkopf Hitler die überschaubaren Landschaften und die vom modernen Leben unberührten bürgerlichen Szenen gefielen. Das Absurde am Nationalsozialismus ist ja, dass er zelebrierte, was er im gleichen Zuge zerstörte, weil er alles reiner und besser zu erschaffen meinte. Doch das, was er erschuf, ist leblos und falsch, und selbst das, was gerettet wurde, kann nur noch durch einen braunen Schleier gesehen werden, als habe sich Hitler nachträglich in alles eingeschrieben, was vor ihm da war.

Wie im Fall der Bilder, die bei uns in der Wohnung hingen, mit denen ich als Kind viel anfangen konnte, weil ich eine exzellente Kleinbürgerin war. Ich sehnte mich nach Einfamilienhäusern mit großen Gärten und Garagen und

Treppen, auf denen ich dann sitzen und meine Schnürsenkel zubinden würde, während mein Haustier, ein Hund oder eine Katze, um mich herumschlich. Im Villenviertel in Bensberg, wo meine späteren Schulfreundinnen lebten, sah es genauso aus, wie ich es mir vor diesen Bildern in der Kölner Wohnung sitzend immer erträumt hatte. In gewisser Weise lebten meine Schulfreundinnen im neuen Biedermeier. Die Häuser, in denen sie lebten, gehörten ihren Familien, vielleicht sogar schon seit ein oder zwei Generationen, die Großeltern wohnten in Laufweite und hatten dieselbe Schule wie ihre Enkelinnen besucht. Umzüge kamen bei ihnen gar nicht vor. Manche Mütter machten Seidenmalerei oder veranstalteten wöchentliche Scrabble-Abende im Wintergarten, die älteren Geschwister waren sehr cool, weil sie Hobbys hatten und in ihren Zimmern laute Musik hörten, überall Poster und Unordnung. Susannes Schwester etwa malte Anarchie- und Peace-Zeichen auf ihre Hände und Arme und war oft unhöflich zu ihren Eltern. Beim Rausgehen zischte sie manchmal »Is' mir doch egal«, und ich bewunderte sie dafür. Aber noch mehr bewunderte ich ihre Mutter, die davon unberührt blieb und ihre Tochter einfach weiter zu lieben schien. »In unserer Kultur benimmt man sich nicht so«, war der Satz, der bei mir zu Hause den Zusammenbruch einleitete, jedes Mal wenn ich frech oder unhöflich war. Es war stets mehr als ein Streit, weil es gleich ans Fundament der Familie zu gehen schien und manchmal eine tagelange Erschütterung zur Folge hatte. Ich litt sehr darunter und wollte gern besser verstehen, was an mir so falsch war. Ich wusste nicht genau, worum es sich bei der besagten Kultur handelte und warum sie anders war als bei Susanne zu Hause. Wenn die Kultur, die für mich verantwortlich zu sein schien, meine Gefühle nicht guthieß, warum hatte ich sie dann?

Manchmal hoffte ich, ich könnte später Susannes Leben haben, ich wartete in gewisser Weise auf meine westdeutsche Kindheit. Ich fühlte mich behütet, das war nicht das Problem. Aber das Leben meiner Schulkameradinnen schien von offizieller Stelle abgesegnet, während ich mir vorkam, als sei ich daran vorbeigeschmuggelt worden. Die Brüche im Leben dieser Familien sah ich genauso wenig wie die Brüche in Spitzwegs Bildern. Und ich sah auch die Brüche in unserem Leben nicht, weil sie unsichtbar waren. Ich vermutete, dass das, was kaputt war, vor allem in mir kaputt sein musste, weil um mich herum alles zu funktionieren schien. Gelegentlich schlich sich eine Ahnung des Unsichtbaren in unsere Wohnung, immer dann, wenn meine Eltern iranische Musik hörten, insbesondere die Popmusik aus der Zeit vor der Revolution. Es waren Lieder, die sie vor ihrer Flucht gehört hatten – im Auto auf dem Weg zum Markt, in Restaurants und Bars, bei der Hausarbeit, bei Treffen mit Freunden und Familienmitgliedern. Diese Lieder, die westlichen Mainstream-Pop mit einem iranischen Sound verknüpften und nach der Revolution von der islamischen Führung verboten und damit also selbst ins Exil geschickt wurden, erschufen eine zweispurige Zeit. Die alte Zeit existierte neben der Zeit weiter, die wir als Familie bewohnten. Sie war nur eingefroren, nichts veränderte sich mehr. Diese Poplieder waren eine Tür, durch die meine Eltern zu dieser Parallelzeit gingen, zu dem Land, das weg war, zu den Menschen, den Gerüchen und dem Alltag, die sie vermissten. Die Kontexte waren mir unbekannt, aber die Musik pflanzte mir eine fremde Sehnsucht ein, Sehnsucht nach etwas, das nicht meins war, aber meins hätte sein können. Ich frage mich manchmal, ob ich im Iran mehr *ich* geworden wäre. Keine Ahnung, wer das wäre, aber die Frage deutet auf ein Verlangen nach Ungebrochenheit und Vertrautheit. Aber ich fühlte mich fremd im Leben meiner Eltern, im einzigen Leben, das ich kannte. Die Verletzungen, die man geliebten Menschen zufügt, manchmal sogar zufügen möchte, sind unvermeidlich. Aber ich zwang meine Eltern allein durch meine Abhängigkeit von ihnen und durch ihre Liebe zu mir, eine Normalität zu simulieren, die ihnen wehtun musste. Was war schon normal daran, sich von einem Tag auf den anderen neu erschaffen zu müssen?

Sie sprachen kaum über den Iran und ihr Leben vor der Flucht, aber die Musik trug ihre Heimat in unsere Wohnung. Sogar meinen Namen verdanke ich einem dieser Lieder, es beginnt mit den wuchtigen Worten »Ich komme aus der Stadt der Liebe«, als sänge ein Gesandter aus der Ferne. Für mich ging es um meine Geburtsstadt, die eine Stadt aus Legenden war. In meiner Vorstellung drängten sich bunte Autos durch die Straßen Teherans, während Menschen an Straßenecken gegen die lauten Hupgeräusche ansprachen und lebhafte Diskussionen führten. Dabei spuckten sie die Schalen der gerösteten Kürbiskerne, die sie mit den Zähnen aufknackten, auf den Boden. Alte Männer saßen herum und flochten Körbe oder schälten Orangen und Granatäpfel. Die Frauen zupften Petersilienblätter von den Stängeln, und die Mütter wickelten Schafskäse oder Datteln in Fladenbrot und stopften das Essen den spielenden Kindern in den Mund. Draußen in der Ferne lagen unendliche Felder voller roter Mohnblumen und wilder Kätzchen. Die Menschen hatten Augen und Haare und Nasen wie meine, und das Treiben hatte nur die Lebensfreude zum Ziel. Begleitet natürlich von den Stimmen der großen Stars der iranischen Popmusik aus den Siebzigern: Googoosh, Ebi und Dariush. Die Heimat, die mir vorschwebte, war ganz anders als in den Bildern von Spitzweg, sie war urban, dreckig, laut und chaotisch. Ein bisschen wie Köln, nur ohne unser Aus-der-Welt-Gefallensein.

Meine Vorstellungen vom Iran waren mit Sicherheit geprägt von den Videokassetten, die uns Verwandte aus Kalifornien schickten. Aus Tehrangeles, wie der Stadtteil genannt wird, in dem so viele Exiliraner*innen leben, wo sie einkaufen, essen und an sich selbst festhalten. Die Videokassetten zeigten alte Fernsehaufnahmen von Googoosh, die für mich zusammen mit Whitney Houston und Farah Diba zu den schönsten Frauen der Welt zählte, und von Ebi und Dariush, die wie mein Vater mandeläugige Männer mit Bart waren, die an der Welt litten und dabei überaus schön aussahen. Dariush warf ich manchmal mit Jesus zusammen, vermutlich weil beide eine verletzliche, sich einsam gegen die Welt stellende Männlichkeit vertraten. Dariush imitierte aber wohl eher James Dean, was auch den Klerikern nicht entging, die sich nach der Revolution dranmachten, alles zu verbieten, was die iranisch-islamische Kultur unterwanderte. Das bedeutete auch, dass Frauen in der Islamischen Republik nicht auftreten durften, vor allem nicht als Solosängerinnen. Ihre Stimmen sollten ungehört bleiben, ihre Körper ungesehen. Aber Musik reicht über Grenzen hinaus, irgendwo wird eine Note gespielt und gehört, selbst in den verstecktesten Winkeln. Die Welt in ihren Tönen bleibt lebendig, solange sie nur Hörer*innen findet, etwa ein kleines Mädchen in Köln.

In einem wehmütigen Lied, das ich als Kind sehr oft hörte, singt Googoosh: »Ja geh, aber egal, wo du sein wirst, egal, wo auf dieser Welt, eines Tages werde ich dich finden und dir in die Augen schauen«, und ich wusste, dass ich gemeint war, dass ich sie im Stich gelassen hatte und sie mich dennoch suchte. Um mich zurückzuholen, zurück zu mir.

Die Liedtexte waren manchmal rätselhaft, aber die Gefühle, die sie transportierten, erfüllten mich. Ich komme zu dir, komm zu mir, ich warte auf dich, warum wartest du nicht auf mich, wo wartest du, ich finde dich, denkst du an mich, ich denke an dich, mein Herz spricht, mein Herz bricht, ich liebe dich, liebst du mich, hilf mir, du, nur du. Ich phantasierte mich in diese Lieder hinein, die von der romantischen Liebe handelten, aber einem ganzen Land galten. Es war ein ideales Land, der Ort, an dem meine Eltern alles gehabt hatten und alles gewesen waren. Ihre Leben liefen, wie sie es für sich erhofft hatten, bis sie plötzlich gar nicht mehr liefen, weil sie sich in einer Hochhauswohnung im Ausland wiederfanden. Niemand wusste dort von ihnen oder hatte auf sie gewartet. Als habe eine riesige Hand sie am Kragen gepackt und quer über den Globus geschleudert. So einen Aufprall kann man überleben, aber ohne Blessuren kommt man nicht davon. Ob die Menschen, die in den Talkshows und auf den Meinungsseiten so viele Ansichten über Flucht und Migration verbreiten, ohne sie jemals selbst erlebt zu haben, manchmal eine Minute innehalten? Ob sie dann darüber nachdenken, was das für eine Zäsur ist, noch keinen Zugang zur neuen, aufgenötigten Welt zu haben, während man nicht fassen kann, dass man die alte Welt nun wirklich loslassen muss?

Was die alte Welt, nach der meine Eltern und ich uns aus unterschiedlichen Gründen sehnten, für jene Menschen war, die nicht im Sinne des Schahs gewirkt und gedacht oder in seinen Diensten gestanden hatten wie mein Vater, spielte bei uns zu Hause keine Rolle. Ich wuchs mit der Überzeugung auf, dass die Pahlavis unfehlbar und würdevoll waren, selbst noch angesichts der herben Beleidigung des Umsturzes. Ich verehrte sie, ihre Trauer schrieb sich mir ein, ich dachte sogar, ich könnte sie rächen, irgendwann, wenn ich groß wäre. Viel später erst verstand ich, dass die Stimme von Googoosh für andere Menschen kein Symbol einer idealen Vergangenheit war, hatte sie doch mehrmals für den Schah und seine Familie im Niavaran-Palast gesungen. Mich überrascht, wie sehr ich mich gegen diese Einsicht wehrte, selbst als ich schon längst verstanden hatte, dass der Schah meiner Kindheit eine Märchenfigur war. Vielleicht liegt es auch an diesem Verlust der Illusionen über die Heimat meiner Eltern, dass ich letztendlich nicht zwei, sondern gar keine Heimat habe. Das ist das Seltsame am Leben zwischen mehreren Welten, es bietet einem keine ganzen, sondern aus Phantasien und Sehnsüchten gebaute Fastorte. Orte, an denen man bleiben will, auch wenn man nie dort gewesen ist.

NEUE JAHRE

Und nun, was sollen wir ohne Barbaren tun?
Diese Menschen waren immerhin eine Lösung.

Konstantinos P. Kavafis

Ein oder zwei Goldfische in einer leeren, offenen Glaskugel. In Deutschland gilt das heute als Tierquälerei. Fische benötigen ein Aquarium mit Filter und Heizung und Sand und Pflanzen. Ein Fischhabitat. Ein Ort, an dem sie leben können, wie es ihnen entspricht und zusteht. Ein gutes Fischleben.

Ein oder zwei *mahi ghermez*. Sie symbolisieren Glück und Freude und sind fester Bestandteil des persischen Neujahrsfestes Nouruz. Am dreizehnten Tag des neuen Jahres soll man sie in einem Gewässer freisetzen und damit an die Natur zurückgeben. Jedes Jahr Millionen Goldfische, im Iran und im Exil.

Unsere Goldfische sind meist vor dem dreizehnten Tag verendet. Je älter ich wurde, desto weniger traurig machte mich das. Es gehörte dazu. Anfangs habe ich ihnen noch Namen gegeben und sie beerdigt, mich noch gescheut, sie mit der Hand aus dem Wasser zu fischen. Später haben wir sie in ein Küchenpapier gewickelt und in den Müll geworfen. Irgendwann haben wir keine mehr gekauft.

Inzwischen feiere ich das Neujahrsfest nicht mehr. Höchstens ein paar schriftliche Glückwünsche an die wenigen iranischen Menschen, die ich beiläufig kenne. Meistens schreiben sie mir zuerst, ich googele dann die passenden Antworten in der Hoffnung, dass Wortwahl und Ton meiner Nachricht zum Anlass passen. Ich möchte mich nicht blamieren, nicht offenbaren.

Als Kind hörte ich irgendwann auf, Persisch zu sprechen. Nicht weil mir Deutsch lieber war, sondern weil ich merkte, dass mir die Sprache entglitt. Meine Mutter und ich waren bei einer Bekannten zum Tee eingeladen, und ihr Sohn fragte die beiden Erwachsenen, weshalb ich die Wörter so seltsam betonte. Er war jünger als ich, was es noch unangenehmer für mich machte. Ich kam mir bereits damals vor wie eine Schauspielerin, die andere imitierte. Ich hatte gehofft, man würde mir die Rolle noch ein Weilchen länger abnehmen. Das war das letzte Mal, dass ich mich an einem Gespräch auf Persisch beteiligt habe.

Es gibt Menschen in meinem Alter, die im Exil leben und sich auf Persisch unterhalten können, die Nouruz feiern und nicht jedes Mal aufs Neue vom kalendarischen Frühlingsbeginn, dem ersten Tag des Jahres, überrascht werden. Sie wissen ohne Google, welche Gerichte man für diesen Tag kocht und welche sieben Sachen traditionell auf den Neujahrstisch gehören. Ich kann mir nicht helfen, manchmal neidisch darauf zu sein.

Hin und wieder überlege ich, das Fest für meine Kinder wieder einzuführen. Sie haben ein Aquarium mit Filter und Pflanzen und Eltern, die wissen, wie man es pflegt. Sie würden die Neuzugänge lieben, die gefärbten Eier, den bunt gedeckten Tisch, die Süßigkeiten. Aber ich habe das Gefühl, dass mir das Fest nicht zusteht, mir als Gast. Ein Grund, warum mir der Kontakt zu anderen Iraner*innen schwerfällt. Ich fühle mich auch unter ihnen deplatziert. Sie erinnern mich daran, was ich versäumt habe, was für mich nie selbstverständlich sein wird. Sie haben die Kollektivität oder zumindest den Zugang zu ihr bewahrt, die mir verlorengegangen ist.

Ich hätte besser aufpassen sollen, als meine Mutter die Neujahrsvorbereitungen traf. Oder als sie das mit Nüssen, Zucker und Kardamom gefüllte Gebäck machte, den Teig mit Joghurt. Als sie mit meinen Tanten Assyrisch und mit meinem Vater Persisch sprach, mir Geschichten aus der Zeit vor meiner Geburt erzählte: mein früh ergrauter Großvater, der auf einem Stuhl vor dem Haus saß und die vorbeikommenden Jungs beschimpfte: »Lasst bloß meine Töchter in Ruhe, sonst gibt's Ärger«; die Cousine meiner Großmutter, die jeden Morgen einen Topf Bohnen für ihre Familie auf den Herd stellte, sich dann fein anzog und schminkte, um den Rest des Tages irgendwohin zu verschwinden; der gutmütige Nachbarsjunge, der immer zum Fernsehen vorbeikam und sich neben das Gerät setzte, um die Reaktionen der anderen zu beobachten. Hübsch ausgemalte Anekdoten, die sich in meiner Vorstellung nicht zu einem Ganzen zusammenfügen lassen. Wie alt wurde mein Großvater, wie hieß diese Cousine, wer war der Junge, und was wurde aus ihm? Was passierte zwischen all diesen Schnappschüssen ihres Lebens?

Vielleicht gibt es gar kein Ganzes, für niemanden, immer nur die Illusion davon. Manche können Zeit und Raum schneller mit ihrem Inneren in Einklang bringen, andere eben nicht.

Im Exil lebt Heimat nicht von selbst. Sie hat ein künstliches Herz, das jederzeit aufhören kann zu schlagen. Sobald man die Gerichte nicht mehr kocht, die Sprachen verlernt, die Geschichten nicht mehr weitergibt. Ich wusste, dass ich mich um all das bemühen musste. Ich wusste nur nicht, dass ich irgendwann allein dafür verantwortlich sein würde. Weil niemand um mich herum die Bedeutung von *mahi ghermez* versteht oder weiß, warum man zu Nouruz bemalte Eier und Linsensprossen im Haus haben sollte.

Ich frage mich, wie ich das Fest wohl feiern, wie ich es zu meinem Fest machen könnte. Um meine Kindheitserinnerungen besser greifen zu können, habe ich ein bisschen recherchiert und erfahren, dass Nouruz seinen Ursprung in der vorislamischen zoroastrischen Tradition hat. Es ist bis heute das wichtigste nationale Fest des Iran. Nach der Revolution wollte man es verbieten. Aber man sah schnell ein, dass das bei einer jahrhundertealten Tradition aussichtslos sein würde, also passte man es an die Ideologie des neu gegründeten Islamischen Staats an. Schon vorher hatten unterschiedliche Interpretationen existiert, weil sich die Bräuche mit der Ankunft des Islam veränderten. So gab es auch vor 1979 vor allem *haft-sin*: *Haft* bedeutet sieben, und *sin* steht für den Buchstaben س, »s«, also wird der Neujahrstisch mit sieben Sachen gedeckt, die mit »s« beginnen. Ich bin jedoch mit *haft-schin* aufgewachsen, einem Tisch, der dem persischen Buchstaben ش, »sch«, gewidmet ist. Ein einziger Buchstabe, ein paar andere Gegenstände und doch eine völlig andere Weltsicht: Während auf dem einen Tisch *scharab* (Wein) und *schekar* (Zucker) zu finden sind, deckt man den anderen mit *serkeh* (Essig) und *sumac* (Essigbaumgewürz). Auch wenn Milch nicht problematisch ist, heißt sie nun einmal *schir*, weshalb man sie durch *sir* (Knoblauch) ersetzt hat. Und statt des aus dem 11. Jahrhundert stammenden Nationalepos *Schahname (Das Buch der Könige)* befindet sich auf dem *haft-sin* meist eine Ausgabe des Koran. In diesem Punkt ist die Symbolik wohl wichtiger als die Stringenz.

Manche Dinge aber sind geblieben, etwa die Goldfische, das Gras und die Linsensprossen. Sie alle symbolisieren jeweils etwas, das man ins neue Jahr mitnehmen soll. Was genau das ist, müsste ich ebenfalls nachschlagen, aber es werden wohl die naheliegenden Dinge sein: Gesundheit, Wohlstand, Glück. Universelle Wünsche, von denen wir immer wieder meinen, sie brauchen diese ganz bestimmten Ausdrucksformen, diese und sonst keine anderen, damit sie sich für uns erfüllen.

Es werden nicht nur Menschen, sondern auch Feste und Traditionen ins Exil geschickt. Immer dann, wenn ein Regime ein anderes ersetzt, wenn Menschen an einen anderen Ort fliehen müssen. Ich frage mich, ob ein iranisches Exil existiert und dort ein anderes Nouruz gefeiert wird als im Land. Gibt es mehr als diese Zweiteilung?

Exil ist für mich ein schwieriger Begriff, von Diaspora zu sprechen traue ich mich erst recht nicht. Diaspora klingt nach einem Ort, nach einer Gemeinschaft. Nur wo?

Ich weiß ehrlich gesagt gar nicht, ob diese Begriffe etwas mit mir zu tun haben. Bin ich überhaupt im Exil, wenn ich das Land, aus dem ich komme, nie gesehen habe? Habe ich meine Zugehörigkeit zur Diaspora verwirkt, wenn ich den Kontakt zu den anderen nicht pflege und die Feste nicht feiere? Was mache ich nur mit den Attributen, die mir zugeschrieben werden? Die ich mir selbst zuschreibe, aber sofort von mir weise, wenn jemand anderes von ihnen spricht?

Ich sage manchmal, ich sei »im Iran geboren« oder »Iranerin«, zögerlich und meistens aus Trotz behaupte ich, »Deutsche« zu sein, sehr selten sage ich »aus einer assyrischen Familie« oder »Deutsch-Iranerin«. Nichts davon klingt richtig, vor allem aus dem Mund anderer.

Kürzlich habe ich in einer Fotoausstellung eine Reihe iranischer Passfotos gesehen. Ich schaute mir die Gesichter an und sah Nasen wie meine, Augen wie meine, Haare wie meine. Für einen kurzen Moment konnte ich mir vorstellen, wie entspannend es sein würde, all diese Menschen zu meinem Alltag zu zählen. Ihnen auf der Straße und in Geschäften zu begegnen, im Bahnhof, im Kino, beim Einwohnermeldeamt. Ich würde nicht auffallen, ich wäre nicht

Diaspora = Verstreutheit
↳ in der Fremde

anders. Man wüsste, wie mein Name ausgesprochen wird, man würde sich nicht fragen, woher ich komme. Rede ich da von Heimat? Ich hoffe nicht.

Fremdsein, Anderssein, Heimweh – ich wehre mich dagegen. Ich möchte jenen nicht recht geben, die mich als fremd und anders betrachten, weil sie mich nicht zu ihrer Heimat zählen. Das sind in gewissem Sinne ebenfalls Attribute, die eigene Herkunft überhöhen, andere aus der Heimat ausschließen. Sie gehören zu dem Land, in dem ich aufwuchs. Es kennt das Exil sehr gut, hat es zum Teil seiner Kultur gemacht.

Im Jahr 1943 beschrieb die Exilantin Hannah Arendt diesen Zustand so:

> Wir haben unser Zuhause und damit die Vertrautheit des Alltags verloren. [...] Wir haben unsere Sprache verloren und mit ihr die Natürlichkeit unserer Reaktionen, die Einfachheit unserer Gebärden und den ungezwungenen Ausdruck unserer Gefühle.

Arendt schrieb diese Sätze auf Englisch, nicht auf Deutsch. Sie schrieb sie, ohne zu wissen, ob sie Deutschland jemals wiedersehen würde.

Damals wurden Menschen auf eindeutigere Weise zum anderen erklärt als heute. Die Geschichten des Ausschlusses und der Verfolgung sind spezifisch, die Traumata nicht vergleichbar. Aber in einem ist der Verlust, den man Exil nennt, universell – der Goldfisch befindet sich außerhalb seines Habitats, ist zur Betrachtung ausgestellt und zugleich isoliert von allem. Exil bedeutet eine radikale Verunsicherung, nicht nur weil das Umfeld einem unvertraut ist, sondern weil man nicht weiß, wie man sich als man selbst in dem neuen Umfeld bewegen kann. Man verfügt nicht über das Wissen, die Strategien und das Selbstvertrauen, man weiß nicht, wie improvisieren – mit dem Habitat ist einem auch der Habitus abhandengekommen, zumindest seine Selbstverständlichkeit und seine Übersetzbarkeit zwischen dem Innen und dem Außen. Man ist nicht mehr das, was man geworden ist.

Ich selbst habe kein Zuhause verloren, dennoch fällt es mir schwer, mich zugehörig zu fühlen. In gewisser Weise bin ich nicht geworden. Ich konnte mich nicht festlegen, welche Kultur mich definiert, konnte noch nicht einmal definieren, was in meinem Leben welcher Kultur zugehörig ist. Kohärenz und Einklang lösen bei mir mehr Stress aus als Uneindeutigkeit und Verflechtung. Ich möchte den Druck loswerden, das alles *richtig* draufhaben, dem allen entsprechen zu müssen. Das gilt für die vermeintliche Leitkultur Deutschlands ebenso wie für das iranische Exilleben.

Das Neujahrsfest richtig feiern, die Gerichte richtig kochen, die Redewendungen sofort verstehen – dass mir all das nicht möglich ist, macht mein Exilgefühl aus. Und gegen dieses Gefühl gibt es kein Mittel, denn alles, was hilft, macht es zugleich schlimmer. Ich kann die Rezepte und historischen Hintergründe nachschlagen, kann den Tisch nach Anleitung decken, die Musik ausfindig machen und hören, sogar die Gedichte und Geschichten auswendig lernen. Aber wenn ich meinen Kindern von *scharab* und *schekar* und *Schahname* erzählte, würde ich ihre Neugierde nicht für Lebendiges in unserem Leben wecken. Ich möchte das Gefühl des Exils nicht an sie weitergeben. Aber vielleicht wird es dadurch erst recht wachsen, wer weiß das schon. Vermutlich hat mir meine Mutter die iranische Sprache, die Bräuche und Gepflogenheiten nicht aufgedrängt, weil sie mich verschonen wollte, wie ich nun meine Kinder verschonen will. Es ist gut, die Kinder sein zu lassen, würde nur die Gesellschaft das auch tun. Aber sie will Selbstauskünfte und Bekenntnisse und Definitionen und Eindeutigkeiten. Sie will, dass man passt.

Ich bin keine Iranerin, und ich bin keine Deutsche, und ich bin doch beides. Und ich werde mitnichten dem Kitsch unserer Tage nachgeben und behaupten, ich sei Europäerin. Ich empfinde Zugehörigkeit als einen Prozess und keinen Zustand, keine Frage der Loyalität zu einem Territorium, weshalb ich nie eine grundsätzliche Aussage darüber treffen kann, wohin ich gehöre.

Ich komme mir anmaßend vor, das als Schmerz zu beschreiben. Ich musste nicht von einem vertrauten Ort an einen mir unbekannten Ort ziehen. Trotzdem befinde ich mich an diesem Zwischenort, hin und her gezogen, nostalgisch in die eine Richtung und sehnsuchtsvoll in die andere Richtung blickend, gewollt und ungewollt unzugehörig.

Edward Said schrieb in seinem Essay »Reflections on Exile«, dass die existenzielle Trauer, die dem Exil zugrunde liegt, niemals überwunden werden kann. Zum Glück tappte er dabei ebenso wenig wie Hannah Arendt in die Falle, sentimental zu werden. Was soll das auch bringen, die vermeintlichen Wurzeln zu glorifizieren, bloß weil man sie verloren hat? Weder das Gefühl der Wurzellosigkeit noch der Argwohn derer, die ihre eigenen Wurzeln einzigartig finden, verschwinden davon. Man kann den Nationalismus nicht mit noch mehr Illusion bekämpfen.

Ich kann mich daran erinnern, wie ich mich mit zunehmendem Alter immer mehr darüber amüsierte, wenn eine meiner Tanten wieder einmal die assyrische Kultur als Ursprung für alles erklärte, die Badewanne, das Rad, die Keilschrift, Jesus, Andre Agassi – allesamt assyrisch. Als Kind war ich sehr beeindruckt von diesen Errungenschaften, von denen es eine direkte Verbindung zu mir zu geben schien. Damals sah ich die drei Schwestern meiner Mutter noch häufiger. Zwei lebten wenige Häuser voneinander entfernt im schottischen Aberdeen, die andere lebte in Los Angeles. Für mich war es immer magisch, sie zu besuchen, sie als real existierende, lebendige und sprechende Menschen zu erleben. Meistens flog ich in den Sommerferien ein paar Wochen alleine nach Schottland, zu Weihnachten kam meine Mutter mit. Ich sah die vier Frauen gern zusammen, sie waren wie Variationen voneinander. Zwei hatten die gleichen Hände, drei die gleichen Augenbrauen, alle vier die gleichen eher kurzen Beine. Ich beobachtete und belauschte sie dabei, wie sie gemeinsam in der Küche das Essen zubereiteten oder stundenlang Anekdoten aus der Vergangenheit austauschten, während sie geröstete Sonnenblumen- und Kürbiskerne zwischen den Zähnen knackten. Wie herbeigezaubert tauchten plötzlich diese seltsam nach Holzleim riechenden Kaugummis auf, die sie als Mädchen in Kirkuk immer gekaut hatten, gab es kiloweise Nüsse, Rosinen und die feinsten Safranfäden aus dem Iran, Videokassetten mit alten Filmen und Musikvideos. Sie alle reisten immer mit Übergepäck an, hatten viele Schätze dabei, die eigentlich unerreichbar erschienen, und saßen dann ein oder zwei Tage lang vor ihren Koffern auf dem Boden und packten diese Tüte und jene Dose aus. Endlos. Für mich war die alles beinhaltende Tasche von Mary Poppins kein großes Mysterium, ich kannte das Phänomen schon längst.

Meine Mutter und ihre Schwestern sprachen ununterbrochen über diesen gemeinsamen Ort, wo sie gelernt hatten, dieselben Gerichte zu kochen, dieselben Sprachen zu sprechen, dieselben Routinen und Vorlieben im Haushalt zu entwickeln. Ich kannte keine anderen Mütter, die ihr Obst und Gemüse desinfizierten, die Zwiebeln für ein Allheilmittel hielten, die Vorratsräume wie kleine private Supermärkte besaßen. Ich verstand kaum etwas, was sie sagten, weil sie die meiste Zeit assyrisch sprachen. Es machte mir nichts aus, mir wurde nie langweilig. Wie sie da kicherten und sich gegenseitig aufzogen, vor Lachen in Tränen ausbrachen und auch mal traurig und wütend wurden, lieferten sie mir eine genaue Vision davon, wie ich als erwachsene Frau sein würde. Doch ihr erzählter Ort wirkte nicht in dem Maße, um aus mir eine von ihnen zu machen. Ich hatte einen eigenen Ort, der mich machte und den ich zu meinem zu machen versuchte.

Später ärgerte ich mich über manche ihrer Aussagen, insbesondere wenn andere Kulturen des Diebstahls bezichtigt wurden. So hatten die Russen den Iranern den Kaviar und den Samowar gestohlen und die Türken vom Essen bis zur Poesie ohnehin alles. Heute verstehe ich, dass es dabei um eine Verteidigung des Selbst ging. Meine Tanten waren machtlos dagegen, dass man sie als fremd wahrnahm. Sie sprachen mit Akzent, sie kochten anders, sie gestikulierten viel. Sie waren recht beliebt in der Nachbarschaft, aber die Gesellschaft sprach ihnen keine Relevanz zu. Sie durften sein, gesehen wurden sie nicht. Aber immerhin hatten ihre Vorfahren etwas in die Welt gebracht, das auch hier an diesem Ort wertvoll war. Und meine Tanten hatten – losgelöst von ihren Beispielen und der Frage, ob sie der Wahrheit entsprechen – nicht unrecht: Zivilisationen, Kulturen, Nationen entstehen nicht getrennt, sie werden nur getrennt voneinander erzählt.

Nationalismus und Exil sind laut Said Gegensätze, die sich prägen und begründen. Gäbe es keine Menschen, die von dort nach hier kommen wollen oder müssen, bräuchte es die Präzisierung des Eigenen nicht. Doch man wählt weder die Nation noch das Exil. Man ist eben an einem Ort zur Welt gekommen, an dem man lernt, wie die anderen zu sprechen und zu kochen und Gesten zu interpretieren. Manchmal ist das Leben an diesem Ort nicht mehr möglich, dann muss man gehen oder fliehen und kann oft nicht mehr zurück. Nationalismen kreieren Gruppen, während das Exil eine sehr akute Erfahrung der Einsamkeit ist, weil man sich außerhalb einer Gruppe erlebt.

Die Nation hat eine Erzählung, die eine Einheit suggeriert, das Exil besteht aus zu vielen, um sie erzählen zu können. Die eine zurechtgezimmert, die anderen wie Späne auf dem Boden.

Ohne die anderen kein Wir ist eine Binsenweisheit der modernen Welt. Mit Rückgriff auf Arendt schreibt die feministische Theoretikerin Christina Thürmer-Rohr in ihrem wichtigen Essayband *Fremdheiten und Freundschaften*: »Ein familienanaloges *Wir* wirkt wie ein Schlagbaum, der die Grenzen zwischen Zugehörigen und *Nicht*zugehörigen markiert.« Es geht dabei um mehr als um Worte. Die Grenzen, entlang derer Zugehörigkeiten und Nichtzugehörigkeiten etabliert werden, sind nicht rein metaphysisch, sie schaffen materielle Realitäten. Sie entscheiden darüber, wessen Recht auf Unversehrtheit, auf Versorgung, Schutz und Entfaltung respektiert wird und wessen nicht. Solch ein Wir wird also schnell gewaltvoll, ganz gleich, wie schöngeistig und hochtrabend es daherkommt. Menschen finden immer wieder Gründe, Fremdes oder schlicht anderes mit Hilfe eines Wir abzulehnen und abzuwerten. Keiner dieser Gründe wirkt im großen Gefüge des Menschseins vernünftig oder legitim. Wenn es aber das menschliche Bedürfnis nach Zugehörigkeit gibt, kann es dann nicht ein gewaltfreies Wir geben?

Das Problem ist vielleicht die Illusion, dass Einheit möglich wäre. Wenn das Wir begriffen wird, wie es Thürmer-Rohr vorschlägt, müssten Differenz und Distanz nicht überwunden werden. Dann läge der Wert bereits in der Begegnung.

Im Grunde ist es traurig, dass meine Tanten meinten, zur Sicherheit noch ein paar kulturelle und materielle

Gaben als Friedensangebot mitbringen zu müssen. In der giftigen Logik des Kampfs der Kulturen ist das Argument der Nützlichkeit sicher hilfreich, um sich gegenüber einem argwöhnischen Wir zu behaupten. Man ist ihm ausgeliefert und muss beweisen, dass man als Fremde nicht gleich Feind sein muss. Aber wenn man nur in Relation zum Anderen bestehen darf, wenn man erst die Frage beantworten muss, wie man ihm dienlich sein kann, dann bleibt die Logik des Kampfs bestehen. Man begegnet einander nicht auf Augenhöhe, man begegnet einander nicht als einzelne Menschen.

Gerade in solch einem Kampf mit dem, was man als das Andere, das Unbekannte wahrnimmt, begegnet man sich selbst – seiner Kraft und Schwäche, seiner Standhaftigkeit und Verführbarkeit, seinem Willen und seinen Grenzen. Es ist wie der Kampf, dem sich Jakob am Grenzfluss Jabbok stellen muss, kurz bevor er nach seinem zwanzigjährigen Exil nach Hause zurückkehrt. Seit meiner ersten illustrierten Kinderbibel hat mich diese Geschichte nicht mehr verlassen. Ich war als Kind sehr religiös. Ich hatte eine recht große Marienfigur auf meinem Nachttisch, die ich manchmal küsste, und ich schrieb in Poesiealben, dass Jesus mein Vorbild sei. Wie ich dazu kam, weiß ich nicht genau. Meine Mutter sprach nicht über ihren Glauben, und mein muslimisch aufgewachsener Vater machte selbst mir als Kind gegenüber keinen Hehl aus seinem Atheismus und seiner Abscheu vor allen Religionen. Vielleicht gab mir der Glaube Halt, so wie es meinen Tanten Halt gab, Jesus als Assyrer zu bezeichnen. Inzwischen habe ich den Glauben verloren, aber ich liebe noch immer die Geschichten, so wie Jakobs Kampf, und auch die ihn darstellenden Werke von Eugène Delacroix und Jacob Epstein. Beide haben ein Element des Tanzes und der Verführung. Sowohl das Gemälde von Delacroix wie auch die Skulptur von Epstein zeigen die physische Auseinandersetzung von Wille und Ausdauer, in der sich die beiden Körper gegeneinander und ineinander stemmen, über ihre Grenzen gehend nah und zugleich entzweit.

Es gibt unterschiedliche Interpretationen, wer der Fremde ist, der Jakob angreift. Es könnte sich um ein von Gott gesandtes Wesen handeln, kein wohlgesonnener Engel unserer verklärten Vorstellung, sondern eine übernatürliche, rohe Kraft. Oder vielleicht sogar Gott selbst, der Jakob bis aufs äußerste auf die Probe stellen möchte. Ich mag die psychologische Lesart, in der Jakob die ganze Nacht bis zum Sonnenaufgang mit sich selbst ringt. Er ist sein eigener Kontrahent, weshalb keiner von beiden den anderen überwältigen kann.

In dieser Nacht am Jabbok befindet Jakob sich nicht nur an der Grenze zwischen zwei Orten, sondern auch zwischen zwei Leben. Er kehrt zurück in seine Heimat, aus der er als junger Mann fliehen musste, weil er seinen Vater Isaak und seinen Zwillingsbruder Esau hintergangen hatte. Ein selbst verschuldetes Exil. Jakob weiß nicht, wie Esau ihm begegnen wird, ob er ihm den Betrug noch nachträgt oder ihm inzwischen vergeben hat. Ein Recht auf Vergebung hat er nicht, das weiß er vermutlich. Vielleicht ringt Jakob in dieser Nacht also mit seinem Gottesvertrauen, ringt damit, ob er nach dieser Nacht noch beschützt werden wird. Aber es könnte zugleich auch ein Kampf mit seinem Glauben an sich selbst, mit seinem vergangenen Ich, mit seinen Schatten und Abgründen sein. Jakob möchte in Frieden zurückkehren, muss dafür aber zuerst über sich selbst und seine vergangenen Taten hinauswachsen. Die Begegnung wird ihn verändert zurücklassen, ein bisschen demütiger und verletzt, aber vielleicht auch ein bisschen größer.

Bei Tagesanbruch segnet der Unbekannte ihn und gibt ihm den Namen Israel, macht ihn also zum Gründer einer

Nation. Und sein Bruder Esau fällt ihm in die Arme, empfängt ihn offen und vergebend. Jakob und Esau hat es nicht geholfen, aus einer Familie zu stammen, Zwillingsbrüder zu sein. Sie mussten erst ihre Freundschaft zueinander finden, ihre Arme ausbreiten, um einander anzunehmen.

Mir gefällt das Bild eines Menschen, der in der Annahme, mit einem Unbekannten zu ringen, in erster Linie mit sich selbst ringt. Wovor wir Angst haben, was uns bedrohlich und überwältigend vorkommt, stellt uns vor die Frage, wie wir ihm begegnen wollen, also wer wir sein wollen in dieser Begegnung.

Ich ringe viel mit mir selbst als der Anderen. Das mag vielleicht daran liegen, dass mir die Erfahrung, mir selbst immer wieder fremd zu sein, aufgezwungen wird durch Menschen, die mich als etwas sehen, das ich nicht in mir erkenne oder schlichtweg nicht bin. Eine aufgezwungene Entfremdung und Fremdmachung, die es mir aber erlaubt, ein größeres Bewusstsein zu erlangen für die Absurdität, Menschen mit einem Blick greifen und begreifen zu wollen. Es geht nicht darum, gut zu sein, sondern besser zu handeln, was eine Menge Selbstdisziplin und Selbstreflexion erfordert. Ich erlaube mir immer seltener, ängstlich oder ablehnend zu reagieren, wenn ich auf Fremdes treffe.

Damals in Aberdeen, als meine Tanten alles ausgepackt hatten, alles gekocht und gegessen war, wenn die jüngeren Kinder im Bett lagen, saßen wir manchmal gemeinsam vor dem Fernseher und schauten *The Jazz Singer* mit Neil Diamond. Ich glaube, es war ein kleines Ritual. Jedenfalls heulten meine Tanten und meine Mutter, und meine Cousine und ich heulten mit. Ich kann mich heute nur noch an eine Szene des Films erinnern. Sie findet in einem Treppenhaus statt, der strenggläubige Vater der Hauptfigur Yussel schaut nach oben zu seinem Sohn und zerreißt den Kragen seines Hemdes. Es ist das Zeichen dafür, dass dieser für ihn gestorben ist. Dem Vater ist der Schmerz anzusehen, aber er kann Yussels neuen Lebensstil nicht akzeptieren, sieht darin einen Verrat an ihrem Glauben und ihrer Kultur. Da saßen also diese kurzbeinigen assyrischen Frauen und heulten wegen dieses jüdischen Sohnes, den sie alle mächtig attraktiv fanden und dem sie die Erfüllung all seiner Träume wünschten. Mit diesem Bild, das zu einer meiner liebsten Kindheitserinnerungen zählt, muss ich aber auch Widersprüche vereinbaren, wie die Aussage meiner Tante, sie hätte lieber einen toten als einen schwulen Sohn. Warum muss es diesen Drang zur Feindschaft geben? Dieses Bestreben, sich von Dingen zu trennen, die doch eindeutig zum eigenen Leben gehören? Mir fällt die bekannte Frage von C. G. Jung dazu ein, die man sich nicht nur als Individuum, sondern auch als Gesellschaft stellen kann: »Willst du gut sein oder ganz?« Das Paradoxe an diesem Ganzen ist, dass es wie ein Mobile ist – einzelne, frei schwingende und nur lose zusammenhängende Teile.

So wie sich Jakob seinem Schatten stellt, so sollten wir individuell und als Gesellschaft die Bereitschaft aufbringen, uns immer und immer wieder in den Ringkampf mit uns selbst zu begeben. Das kann nicht ordentlich und auch nicht kontrolliert verlaufen, und genau aus diesem Grund ist es ein menschenwürdiger Weg. Wir müssen uns als Einzelne erkennen und befragen, um unsere soziale, politische und materielle Verwicklung mit allem und jedem um uns herum zu verstehen. Dabei müssen wir den Ambivalenzen Raum lassen, auf persönlicher wie gesellschaftlicher Ebene. Dem einzelnen Menschen sollte die Freiheit zustehen, facettenreich, widersprüchlich und wandelbar zu sein. Und was uns als Menschen zusteht, sollte sich gesellschaftlich niederschlagen dürfen. Denn im Prozess der Ordnungsfindung laufen wir Gefahr, jenes, für das wir die Ordnung herstellen wollen, zu verlieren.

Davon handelt eines meiner liebsten Bücher, J.M. Coetzees *Warten auf die Barbaren*, dessen Titel sich auf Konstantinos Kavafis' oben zitiertes Gedicht bezieht und mich wiederum zu dem Titel dieses Buchs inspirierte. In seiner Novelle beschreibt Coetzee den Moment, in dem eine Gesellschaft sich selbst verliert und zu dem wird, was sie fürchtet. Schauplatz ist eine Garnisonsstadt eines ungenannten Reichs. Es herrscht weder Krieg noch Frieden, was bedeutet, dass vor allem die Angst herrscht. Die Bewohner sind sich gewiss, dass die barbarischen Nomaden angreifen werden. Irgendwann, bald. Also entsendet die ferne Hauptstadt Offiziere in die Wüste. Sie kehren mit Gefangenen wieder, die zum Erstaunen aller gar nicht gefährlich wirken. Doch einer der Offiziere sagt: »Schmerz ist Wahrheit«, und beginnt zu foltern. Das anfängliche Mitgefühl der Bewohner ebbt ab, sie sehen keine Menschen mehr, sondern nur die potenzielle Gefahr des Fremden, des Anderen. Auch wenn die Nomaden nicht angreifen, sind die Barbaren dennoch da:

> Nun vor ihren Wächtern zusammengetrieben, stehen sie in einem hoffnungslosen Grüppchen im Winkel des Hofs, Nomaden und Fischer beisammen, krank, ausgehungert, verletzt, verängstigt. Es wäre das Beste, wenn dieses dunkle Kapitel der Weltgeschichte sofort beendet würde, wenn diese hässlichen Menschen vom Angesicht der Erde beseitigt würden und wir geloben würden, einen neuen Anfang zu machen und ein Reich zu gründen, in dem es keine Ungerechtigkeit, keinen Schmerz mehr gäbe. Es würde wenig kosten, sie hinaus in die Wüste marschieren zu lassen (nachdem man ihnen zunächst eine Mahlzeit verabreicht hätte, um den Marsch zu ermöglichen), sie dazu zu bringen, mit ihrer letzten Kraft eine Grube

auszuheben, groß genug, damit alle darin Platz fänden (oder die Grube sogar für sie auszuheben!), und sie dort begraben sein zu lassen für alle Ewigkeit, um dann zur ummauerten Stadt zurückzukehren voller neuer Vorhaben, neuer Vorsätze.

Im Anderen den Einzelnen sehen und in sich das Fremde – das ist eine immense Herausforderung. Ich versuche, mich ihr zu stellen, nicht immer erfolgreich, aber immer wieder, wenn mich jemand irritiert, verunsichert, herausfordert, wütend macht. Ich kenne die bebende Ohnmacht, wenn jemand plötzlich in mir eine *Barbarin* zu sehen scheint, wenn ich diesem Blick ausgeliefert bin, solange diese Person sich der Begegnung mit mir als Einzelne entzieht. Aber ich kenne auch den Impuls, dieser inneren Barbarisierung nachgeben zu wollen, etwas Fremdes gleich allem Hässlichen und Verzichtbaren zuzuordnen. Wenn ich mich bemühe, wenn ich dem nicht nachgebe, kann ich in einer nicht zu fassenden Gruppe – etwa Tausenden von Migrant*innen an den Außengrenzen Europas – Einzelne erahnen. Vielleicht nicht als Individuen, deren Gesichter und Stimmen und Geschichten ich kenne, von denen ich weiß, was sie kochen und wie sie sprechen. Aber als von mir losgelöste Einzelne, als Einzelne mit einem Recht auf all das, auf das ich auch ein Recht habe. Dann fällt es mir schwerer, sie in eine Grube zu imaginieren, mir einzureden, dass sie bloß verschwinden müssten, damit alles gut wird. Vielleicht feiern sie Feste, bei denen ich als Gast willkommen wäre?

In Schweden war ich eine freiwillig Ausgewanderte. Manchmal wünschte ich mir, wieder in Deutschland zu leben und meinen Kindern ein bisschen mehr von dem zu zeigen, mit dem ich aufgewachsen bin. Ich feiere das iranische Neujahrsfest nicht und habe gelernt, dass das schlechte Gewissen, das mich begleitet, spezifisch für uns Migrantenkinder ist. Freund*innen, die keine Migrationsgeschichte haben, hadern kaum damit, wenn sie Familientraditionen nicht fortsetzen.

Wer weiß, wie meine Kinder es später handhaben werden. Heute lernen sie deutsche und schwedische Feiertage kennen. Ihre schwedischen Freund*innen beneiden sie um den Nikolausstiefel und den gebastelten Adventskalender, den es bei ihnen nicht gibt. Und ich habe in gewisser Weise meinen eigenen Feiertag bekommen, denn mein Geburtstag fällt auf das schwedische Luciafest am dreizehnten Tag des Dezembers. An diesem Tag gibt es mein liebstes schwedisches Gepäck, die wie ein S aussehenden und mit Safran gebackenen *lussekatter*. Zu entdecken, dass der Geschmack von Safran, den ich aus meiner Kindheit kenne, in Schweden ebenfalls bekannt und beliebt ist und mit diesem Tag verbunden wird, war überraschend und schön. Die historischen Details kenne ich nicht, weiß aber, dass Safran im Mittelalter mit dem Islam über Nordafrika nach Europa kam. Und ebenso wie das Gewürz, das mit diesem Tag verbunden wird, ist auch die Heilige, die ihm den Namen gibt, nicht wirklich schwedisch. Die heilige Lucia, die von der Ostküste Siziliens stammte, ähnelte wohl kaum dem geläufigen Bild der schönen, hochgewachsenen blonden Frau, mit der man heute die Lucia des Festes identifiziert. Aber ich liebe es, wenn meine Kinder in einer Reihe mit all den anderen Kindern als Lucia in einem weißen Gewand mit einem roten Band um die Hüfte oder als Pfefferkuchenmänner verkleidet das traurig-schöne Lucialied singen.

Viele glauben, es handele sich beim Luciafest um eine sehr alte Tradition. Doch es wurde erst 1927 populär, als eine schwedische Tageszeitung für eine Werbekampagne einen Wettbewerb austrug, um die schönste Lucia zu finden. Bis heute ist es etwas Besonderes, in der Kirche die Prozession anzuführen. Auch ein bisschen nervenaufreibend, weil man einen Kranz mit brennenden Kerzen auf dem Kopf trägt. Für das schwedische Selbstverständnis macht es keinen Unterschied, dass die Tradition erfunden ist, und für mich als Zugezogene auch nicht. Ich habe in Schweden etwas gefunden, das ich schön finde und das mir entspricht. Einen Tag im Jahr.

BACH FEHLT

Die romantische Dichtart ist noch im Werden;
ja, das ist ihr eigentliches Wesen,
daß sie ewig nur werden, nie vollendet sein kann.

Friedrich Schlegel, Athenäums-Fragment 116

Dass Liebe retten kann, ist ein romantisches Klischee. Aber ebenso ist es der Rat, nicht auf Rettung zu hoffen, wenn man liebt. Vielleicht bedeutet Liebe, dass man nicht genau weiß, wer nun wen gerettet hat, wenn sich alle Beteiligten in gleichem Maße umklammern, um weniger einsam, selbstbezogen und gelangweilt zu sein. Ich glaube, dass er uns sehr geliebt hat, meine Mutter und mich, und auch ein wenig gerettet, wobei es zu jener Zeit nicht so aussah, als könnte man mich retten. Oder lieben.

Ich war etwa dreizehn und für ein paar Tage zu Hause rausgeflogen. Ich zog bei ihm ein. Das fühlte sich seltsam an, weil er fast täglich bei uns in der Wohnung war, wir aber so gut wie nie in seinem Haus. Helmut war mir also sehr vertraut, zugleich kannte ich sein Leben und die Dinge, mit denen er sich umgab, kaum. Seine Pfeifenorgel, die Schmetterlings- und Insektensammlung, die Holzpfeifen auf seiner Fensterbank, seine antiken Möbel, die getrockneten Pilze, seine alten Bücher und Vinylplatten, die Familienfotos, seinen Krimskrams. Ich wusste nicht, was er kochte, weil er meistens bei uns zu Abend aß, und ich wusste auch nicht so genau, wie er seine Zeit ohne uns verbrachte.

Es gibt ein Foto von mir aus dieser Zeit, ich stehe in seiner Küche und rühre mit einem großen Holzlöffel in einem Topf. Ich mache dabei eine Grimasse, meine Haare sind verschnitten. Ich trage eine schwarze Radlerhose und ein weißes T-Shirt, auf dem Babys mit greisen Gesichtern an einer Wäscheleine hängen, dazu der Spruch *Hung out to dry.* Ich fühle mich sichtlich unwohl in meiner Haut. Ich erinnere mich noch sehr genau daran, wie laut und trampelig ich mir vorkam. An dem Tag hatte ich Spaghetti gekocht und später mit ihm auf dem Boden sitzend Musik von Roy Orbison, Donovan und Elvis gehört. Er erzählte mir, wie er Geld gespart und »Hound Dog« als Vinyl-Single für seine erste große Liebe gekauft hatte. Das Mädchen war aus seiner Klasse, sie hatten sich schon lange gegenseitig beobachtet. Aber sie kam nicht zum verabredeten Treffen auf der Kölner Brücke. Nach ein paar Stunden warf er die Platte in den Rhein und erfuhr am nächsten Tag, dass sie stattdessen seinen Kumpel getroffen und geküsst hatte. Helmuts erster großer Liebeskummer. Er kaufte sich die Platte noch einmal und weinte, während er sie wochenlang immer und immer wieder hörte. Ein merkwürdiges Lied, um es einer umschwärmten Person zu schenken, und wir lachten ein wenig darüber. Das Mädchen und sein Freund heirateten später, was Helmut mit der Geschichte versöhnte, schließlich war es Schicksal. Er selbst heiratete ebenfalls eine Frau, die er sehr liebte und mit der er zwei Kinder bekam. Aber dass Männer weinen konnten, um eine Frau weinen, das beeindruckte mich sehr. Ich glaube, bis dahin war der weinende Mann ganz abstrakt für mich, seine Tränen waren heroisch. Er war ein Kämpfer oder Märtyrer. Ein starker Mann, der für oder gegen etwas sein ganzes Wesen einsetzte, ein Land oder eine Idee, etwas, das mir damals größer vorkam als die Liebe zu einem Menschen. Dabei wusste ich, dass Helmut weinen konnte, denn er kam als Trauernder in unsere Familie. Was ich damals nicht verstand, war das Trauern selbst, dass es in Ordnung war, geliebte Menschen nicht loslassen zu wollen, dass man den Schmerz, den man dabei empfand, zeigen und ausdrücken konnte. Und dass die Liebe zu einem Menschen größer sein durfte als die zu Ideen und Ländern.

Helmut war ein Arbeitskollege meiner Mutter in einer großen Kölner Firma. Ich begleitete meine Mutter ein paarmal ins Büro. Dann holte ich Faxe oder Ausdrucke für sie aus dem Nebenzimmer. In der Firma ging es steif und ernst zu. Ich glaube, die meisten nannten sich beim Nachnamen. Aber es war natürlich bekannt, dass Herrn K.s Ehefrau an Krebs erkrankt war. Er verbrachte viel Zeit im Krankenhaus an ihrer Seite. In der Gemeinschaftsküche stand seine Teekanne einige Tage unberührt, und meine Mutter beschloss, diesem Mann, mit dem sie nicht sehr viel zu tun hatte, einen Gefallen zu tun und die Kanne von ihrer dicken Patina zu befreien. Helmut war ein leidenschaftlicher Teetrinker und in seiner gedämpften Art fassungslos, als er wieder im Büro war und seine von außen und innen blitzende Teekanne entdeckte. Aber so sprachen die beiden ein paar Worte mehr als üblich miteinander und nannten sich bald beim Vornamen. Dieser dezente Herr mit grauschwarzem Schnurrbart und Cowboy-Krawatten und meine noch junge Mutter mit ihren engen Kleidern und dem ausländischen Akzent wurden in der Firma sicher als seltsame Verbindung wahrgenommen. Sie interessierte das nicht, sie freundeten sich an. Damit wurde Helmut auch ein Teil meines Lebens.

Ich erinnere mich nicht, ob Helmuts Ehefrau noch lebte, als er das erste Mal bei uns vorbeikam. Aber ich weiß, dass es ein Foto von ihm im *Stern* gab und ich den Artikel ausgeschnitten und aufbewahrt hatte. Auf dem Foto hielt er mehrere Aktenordner unter dem Arm und schaute in die Kamera, dazu ein Zitat, das etwas mit der Erkrankung seiner Frau und der fehlenden staatlichen Unterstützung der Familie bei ihrer Pflege zu tun hatte. Vielleicht ging es in dem Artikel auch um etwas anderes, aber sicher ist, dass Helmut etwas sehr ungerecht fand und wütend war. Auch das habe ich von Helmut gelernt, dass es Menschen gibt, die aufrichtige Bestürzung über gesellschaftliche Missstände empfinden, die das, was in den Nachrichten und auf der Welt passiert, mit sich in Verbindung bringen; die das Vertrauen in die Welt und in sich selbst haben, dass ihr Zutun etwas daran ändern könnte. Helmut spendete regelmäßig für Zwecke, an die er glaubte. Er schrieb hin und wieder Leserbriefe. Er redete über Dinge, die ich nicht immer so genau verstand, aber mir gern anhörte, weil sie wichtig klangen. Ich bin natürlich im selben Land wie Helmut aufgewachsen – in Deutschland sozialisiert, wie es heißt. Aber das Phänomen einer politischen Handlungsfreiheit war mir fremd. Mir kam es seltsam vor, dass man etwas sehen und ansprechen konnte, dass jemand einem zuhören würde, einen sogar ernst nehmen. Wie irreal!

War mir die Resignation von Menschen, die in einer unfreien Gesellschaft leben, eingeschrieben? Etwas, das man mir nicht erklären musste, damit ich danach handelte? Oder hatte meine Verwunderung etwas damit zu tun, dass ich mir bedeutungslos in der Welt vorkam? Ich war ein braunhaariges Mädchen mit fremd klingendem Namen und einer alleinerziehenden Mutter, die als nicht wahlberechtigte Bürgerin nie mit dem Staat in Berührung kam. Sie war verpflichtet, regelmäßig ihre Aufenthaltsgenehmigung für Geflohene zu verlängern. Sie zahlte Steuern.

Bei unserer Einbürgerung war ich neunzehn. Ich saß trotzig auf der Bank im Wartebereich des Bürgeramtes, als meine Mutter mir die Einbürgerungsurkunde gab. Warum sollte ich Freude und Dankbarkeit für etwas empfinden, das mir meiner Meinung nach längst zustand? Ich war Abiturientin und hatte bis zu diesem Zeitpunkt bei allen Klassenfahrten außerhalb Deutschlands Visa beantragen müssen, immer mit der Furcht, vielleicht doch nicht mitfahren zu dürfen. Ich fühlte mich wie eine Bittstellerin – nichts, das selbstverständlich war, war für mich selbstverständlich. Heute kann ich einordnen, was ich als Mädchen gefühlt habe. Trotzdem zögere ich, dem, wofür ich damals keine Worte hatte, nachträglich welche zu geben. Die Verletzungen und Verunsicherungen, die solch eine epistemische Lücke auslösen, gehen nicht einfach weg, nur weil man die Lücke irgendwann schließt. Ich kenne heute viele Wörter, zum Beispiel epistemisch. Aber all diese Wörter waren nicht einfach schon immer da – in den Bücherregalen meiner Eltern, in den Lebensläufen meiner Familie, in den kleinen Alltäglichkeiten. Und so hoffe ich, dass die Verletzung in den Hintergrund rückt, damit ich sie nicht so oft spüre. Aber sie bleibt.

Vielleicht war das der Ursprung meiner Irritation mit Helmut. Wir witzelten manchmal, dass Helmut aussah wie ein Türke, was gleichzeitig unterstrich, dass er es selbstverständlich nicht war. Er ging mir auf die Nerven mit seiner Bedächtigkeit und dem Geruch seines Pfeifentabaks, so sehr, dass ich manchmal mit Absicht gehässig war. Er sollte merken, dass wir kein Terzett waren, wie er uns mal nannte. Ich wollte bloß nicht, dass sein Schnurrbart irgendwo in die Nähe meiner Mutter kam und dass er sich einbildete, er könne mein Vater sein. Er aß und sah fern mit uns, gelegentlich gingen wir ins Kino oder machten dies und das, aber wir waren einfach keine Familie. Das musste klar sein.

Dass ich zu Helmut gemein sein konnte, verstärkte nur die Scham, die ich ohnehin empfand. Ich schämte mich dafür, anders zu sein und doch nicht anders genug. Oder dafür, nicht zu wissen, worin mein Anderssein nun tatsächlich bestand. Ich führte es auf eine innere, persönliche Unzulänglichkeit zurück, die Gehässigkeit und die Wut, dieses Gefühl in mir, das von niemandem wahrgenommen zu werden schien als das, was es war. Ich vertraute der Welt nicht und ich war mir sicher, dass sie mir auch nicht traute. Ich ließ nicht zu, dass sie mich durchdrang. Ich wusste die meiste Zeit nicht, was los war. Aber man erwartete, dass ich es wusste, weshalb ich frech oder aggressiv oder altklug genannt wurde. Hätte man von mir keine Erklärung, sondern eine Beschreibung gefordert, wäre sehr schnell deutlich geworden, dass ich mir zu wenig und nicht zu viel vorkam.

Besonders unsere gemeinsamen Reisen waren von Höhen und Tiefen geprägt. Ich fand es zwar gar nicht schlecht, die Zeit nicht alleine mit meiner Mutter zu verbringen, und vermutlich hätten wir uns diese Reisen ohne Helmut gar nicht leisten können. Ich würde aber meinen Hauptanspruch auf die einzige Person, auf die ich noch einen Anspruch zu haben schien, nicht abgeben. Ich schlief im Urlaub bei ihr im Bett. Ihre Aufmerksamkeit galt mir. Die Feinmaschigkeit der Gefühle zwischen einer Tochter und ihrer alleinerziehenden Mutter – die Schuldgefühle auf beiden Seiten, die Liebe, Einengung, Abhängigkeit und Wut –, sie ließ keinen Platz für weitere Fäden. Als Kind, das bereits Liebe verloren hatte, wäre mir niemals eingefallen, dass Liebe nicht geteilt werden muss, sondern sich mit der Anzahl der geliebten Menschen multipliziert. Ich hatte bisher nur die Subtraktion von Liebe erlebt.

Helmut war geduldig und ließ sich selten provozieren. Gelegentlich hatte ich ihn wirklich verletzt, und das sagte er mir dann auch. Das überraschte mich, vor allem weil es nicht dazu führte, dass er mich weniger mochte. Nur einmal wurde er wirklich sehr wütend. Ich hatte proklamiert, dass die deutsche Sprache hässlich sei. Richtig hässlich, wiederholte ich. Wir saßen im Auto, meine Mutter vorne und ich auf dem Rücksitz, und er schimpfte in den Rückspiegel. Was er genau sagte, habe ich vergessen. Aber ich erinnere mich noch, wie ich seine errötete Wange beobachtete und seinen Schnurrbart im Spiegel sah. Ich war mir nicht sicher, warum ich das überhaupt gesagt hatte und ob ich das wirklich dachte. Auch wenn Deutsch nicht meine erste Sprache war, ist sie doch meine Hauptsprache oder Muttersprache, selbst wenn sie nun gerade nicht die Sprache meiner eigenen Mutter ist. Ich konnte Deutsch und ich konnte es sehr gut. Ich schrieb die meisten Briefe meiner Mutter, ob an Behörden oder um sich bei dieser oder jener Institution über etwas zu erkundigen oder zu beschweren. Ich lebte seit meinem ersten Lebensjahr in Deutschland, es gab keinen Grund, weshalb ich nicht ebenso gut wie alle anderen, die seit ihrem ersten Lebensjahr in Deutschland lebten, Deutsch sprechen sollte. Der Geburtsort war doch egal. Aber zwischen mir und der Sprache bestand eine unsichtbare Wand. Ich wusste, ich war Ausländerin, und meine Mutter hatte einen Akzent und machte manchmal Fehler mit den Artikeln und Endungen, und vielleicht wussten doch nur die echten Deutschen, wie man etwas sagte oder ausdrückte. Hausaufgaben waren eine nervenaufreibende Angelegenheit. Ich traute meinen eigenen Formulierungen nicht, und meine Lehrer waren reichlich desinteressiert. Ich rief fast täglich Helmut an und diktierte ihm meine Aufgaben, dann rief er mich nach einiger Zeit zurück, um mir die Lösungen durchzugeben. Und während ich für meine Mutter einwandfrei, aber oft missmutig Briefe verfasste, brauchte ich Helmuts Segen für alles, was ich selbst schrieb – eine Hierarchie der Sprache. Natürlich nervte mich auch das, weshalb ich so tat, als schulde er mir diese Arbeit und Aufmerksamkeit.

Ganz bestimmt hätte mir Helmut manchmal gerne eine Ohrfeige verpasst oder einfach auch mal den Hörer hingeknallt, aber er war mein Freund, mein lieber Freund.

Er hatte es selbst in mein Poesiealbum geschrieben, er hatte ein Gedicht von Phil Bosmans gewählt und mit der Widmung »Für meine kleine Freundin Asal von ihrem sehr alten Freund Helmut« unterschrieben. Seine Handschrift war wunderschön, es steckte noch ein wenig Sütterlin drin, und ich wünschte mir, wie er zu schreiben, wenn ich erwachsen wäre. Helmut schrieb mir Gedichte zum Geburtstag, er baute New Kids on the Block und einige Jahre später Eddie Vedder ein und nannte mich ein hübsches Mägdelein in Godesberg am schönen Rhein. Dass ausgerechnet ich ein Mägdelein sein sollte, fand ich sehr lustig.

Ich habe eine Handvoll Briefe von Helmut aus den Neunzigern, alle auf der Schreibmaschine verfasst. Es ging meistens um seinen Alltag, kleine Betrachtungen und Berichte, aber vor allem um meine Mutter, wie kaputt und angestrengt sie war, dass er sich Sorgen um sie mache und sie es nicht leicht habe, dass ich vielleicht ein wenig glücklicher und lieber sein könnte. Mehrmals schrieb er mir, dass er sich das alles anders vorstellen könne mit uns, aber er wisse, dass es nicht sein solle, weil meine Mutter nicht so empfinde wie er. Er könne das akzeptieren. Heute frage ich mich, was in ihm vorging, dass er einer Teenagerin solche Dinge schrieb. Wie hilflos und unglücklich er sich wohl gefühlt haben muss?

Ich war vierzehn und für fünf Wochen bei meiner Tante in Los Angeles, als seine wenige Wochen alte Enkelin am plötzlichen Kindstod verstarb. Seinen Brief, in dem er mir davon erzählte, beendete er mit: »Ich hoffe, daß Du verstehst, daß ich mir im Zusammenhang mit dem Tod von S. solche Gedanken mache um Euch. Ihr beide seid für mich, solange Ihr mich laßt, die beiden Menschen, die mir persönlich am nächsten stehen. Es ist doch dann kein Wunder, daß ich mir nur wünschen kann, daß Ihr auch beide glücklich seid und Euch versteht.«

Dieses eine wusste ich zumindest besser als Helmut, man konnte Dinge nicht herbeisehnen, auch nicht herbeischreiben.

Nichtsdestotrotz lachten wir auch viel miteinander. Zu Ostern bemalten wir gemeinsam sehr lustige Eier und gaben ihnen Namen. Wir versuchten, uns dabei zu überbieten. Dann lachten wir Tränen, und manchmal purzelte ein Ei auf den Boden, und dann machten wir ein Pflaster drauf und lachten noch mehr.

Einmal schrieb er mir einen ganzseitigen Brief in deutschem Englisch, weil ich für einen Schüleraustausch in Irland war: »It is nau orlmost nein o'klock in se ivening. Haaf auer ägoo Ei käm hoom from jur maser. Schie das not fiel ßo gutt äs ju no änd schie olßo bikäm hett-eek. Serfor schie will go tu bett werri örli.« Er unterzeichnete mit »wiss laff«.

Ein anderes Mal verreisten wir zu dritt nach Berlin. Ich gehe davon aus, dass es nach dem Mauerfall war, aber es ist eher geraten, weil das bei uns zu Hause kein großes Thema war. Ich habe keine Erinnerung an den Mauerfall, alles, was ich weiß, habe ich erst viel später gelernt. Bestimmt habe ich die Bilder in den Fernsehnachrichten gesehen, aber näher als die Bilder vom Tian'anmen-Platz wenige Monate zuvor waren sie nicht. Jedenfalls gingen wir in die Philharmonie und saßen auf der Empore, ich legte meine Stirn auf die Brüstung, meine langen Haare verdeckten mein Gesicht. Ich wollte das für mich alleine haben, nicht teilen müssen oder mich dabei beobachten lassen, wie ich auf die Musik reagierte und ob ich das Ticket wert war. Ich ahnte, dass dies alles meine echte Heimat sein sollte; das, was wir Menschen kreieren, weil wir unsere Emotionen greifen oder auch nicht greifen möchten. Ich wollte dorthin gehören, wo diese Musik herkam.

An einem der Abende in Berlin blieben wir in der Wohnung, die Bekannten von Helmut gehört haben muss. Wem genau, weiß ich nicht. Es war eine große Altbauwohnung, ausschließlich mit antiken Stücken möbliert. Viele Jahre später, als ich nach Berlin zog, konnte ich von so einer Wohnung nur träumen. Helmut und meine Mutter tranken Wein, wir lachten sehr viel und aßen und fingen an, die Schränke zu öffnen. Meine Mutter zog ein paar Kleider heraus und probierte sie an. Sie sah sehr ulkig aus, besonders in dem weiten weißen Nachthemd aus Spitze. Ihre Haare hatte sie wild nach oben gesteckt, sie war wunderschön. Ich fand einen kleinen Karton mit alten Scheinen und Münzen, Reichsmark, darunter auch ein paar mit Hakenkreuz. Das kam mir sehr aufregend vor, es war so verboten, sowohl wie wir in fremden Schränken herumkramten wie auch das, was wir darin fanden. Helmut sagte »alte Nazis« oder so etwas, aber was genau das in ihm auslöste, diese Sachen zu sehen, weiß ich nicht.

Ich habe keine Ahnung, was seine Familie während des Nationalsozialismus erlebte, wer seine Eltern waren, wo sie waren und was sie taten. Ich kannte aber auch die Vergangenheit meines Vaters und seiner Familie nicht, und vielleicht habe ich Helmut deshalb nicht danach gefragt. Es wirkte auf mich ohnehin so, als kämen Menschen von nirgendsher, oder sie kamen von fast mythischen Orten, wie meine Eltern eben aus dem Iran. Helmut machte oft Witze über den Bundeskanzler, dessen Namensvetter er nicht so gern war, und quittierte den Weltmeistersieg 1990 mit einem sarkastischen Spruch. Aber Helmut und Deutschland – darüber werde ich nie etwas erfahren.

In den Tagen, die ich bei Helmut verbrachte, saßen wir viel auf dem Boden, wir hörten nicht nur Musik, sondern spielten auch Brett- und Kartenspiele. Ich war sehr übermütig, weil Helmut mir drei Millionen Monopolygeld schuldete. Ich machte deutlich, dass er nicht so einfach davonkommen würde, er müsse die Schuld schon begleichen. Er lachte und sagte, ich solle mir etwas aussuchen, vielleicht komme er ja so aus seiner Schuld heraus. Ich hatte schon längst die Figuren auf seiner Fensterbank bewundert, sie beeindruckten mich, auch wenn ich zu den Männern, die sie abbildeten, keinen großen Bezug hatte. Solche Dinge wollte ich einfach auch besitzen. Es waren vier etwa fünfzehn Zentimeter hohe Komponistenbüsten aus Metall, die Sockel waren aus dunklem Marmor: Bach, Mozart, Beethoven, Wagner. Ich wusste, wer Beethoven war, weil ich seine Statue schon häufiger auf dem Marktplatz in Bonn gesehen hatte. Ich mochte seine Frisur und seinen strengen Blick und ich mochte auch die *Neunte Symphonie*, genauso wie Mozarts *Kleine Nachtmusik*. Und Falco mochte ich natürlich auch. Wer die anderen beiden waren, wusste ich nicht so genau, aber ich durfte mir nur drei aussuchen, einen Komponisten pro Million. Ich entschied mich für Wagner, weil mir auch seine Frisur gefiel, er war schlicht attraktiver als der pompöse Bach. Helmut war einverstanden, und ich konnte kaum glauben, dass ich sie wirklich mitnehmen durfte, als ich wieder nach Hause ging. Meine Mutter hatte mir in der Zwischenzeit verziehen, für was auch immer ich getan hatte. Oder vielleicht wollte Helmut mich auch einfach wieder aus dem Haus haben.

Die Figuren stehen jedenfalls noch heute auf meinem Schreibtisch, ich habe sie mehrmals in Zeitungspapier gewickelt und wieder ausgewickelt und sie auf diverse Tische oder Schränke gestellt, je nachdem, wo ich in meinem neuen Zuhause Platz für sie hatte. Bei einem der letzten Umzüge ist Wagner vom Marmorsockel gebrochen, es müsste nur eine Schraube ersetzt werden, aber ich bin seit Jahren nicht dazu gekommen, also liegt er auf der Seite und schaut so, wie Wagner eben schaut.

Die Figuren sind neben Helmuts Briefen und einem Urlaubsfoto das Einzige, was ich von ihm habe. Wenn ich mir das Foto ansehe, dann finde ich ihn heute gar nicht hässlich, ein eher unauffälliger Mann mit mildem Gesicht, vertraut und doch fern. Ich weiß, dass es ihn gab, aber nichts, was es damals um uns herum gab, ist noch da. Das macht die Abwesenheit von Menschen manchmal schwer zu fassen, genauso wie bereits gelebtes Leben. Ich habe keine Orte, an die ich zurückkehren könnte, um den Wahrheiten über ihn und mich und uns nachspüren zu können.

Einige Monate nach seinem Tod habe ich mich nach dem Mittagessen im Internat abgemeldet und bin zu seinem Grab gefahren. Auf der Beerdigung selbst war ich nicht, warum das so kam, ist mir unerklärlich. Meine Mutter hatte mich im Internat angerufen und mir erzählt, dass es Helmut nicht gut gehe, er sei im Krankenhaus. Dabei war er schon längst tot. Sie traute sich nicht, es mir zu sagen. Ich sagte ihr, dass ich beim Telefon sitzen bleiben würde, sie solle mich ganz schnell zurückrufen. Wir hatten ein Gemeinschaftstelefon im Flur, ich saß auf der weiß-roten Metallbank, auf der ich oft bei meinen Hausaufgabengesprächen mit Helmut gesessen hatte, und versuchte, etwas zu fühlen, das mir in dieser Situation richtig vorkam. Helmut hatte bereits einen sehr schweren Autounfall überlebt, bei dem er mehrere gebrochene Rippen und einen gebrochenen Arm davongetragen hatte, meine Mutter hatte ein Schleudertrauma und ich eine Gehirnerschütterung. Helmut würde also auch das, was auch immer es war, überleben. Als das Telefon wieder klingelte, war nicht meine Mutter, sondern ihre beste Freundin M. dran. Sie erzählte mir, dass Helmut tot in seinem Auto, das vor unserer Wohnung geparkt stand, aufgefunden worden war. Er hatte einen Herzinfarkt erlitten. Das kann man nicht romantisch einbetten, das Herz ist ein Organ wie das Gehirn auch, und er war zu jung zum Sterben und war dennoch tot, so wie auch viele andere zu jung sterben und dann tot sind. Nach dem Gespräch mit M. ging ich nach unten und lief meiner Hausmutter, die schon Bescheid wusste, in die Arme. Als sie mich ansah, kamen mir die Tränen. Sie umarmte mich sehr fest und war ganz greifbar, und das machte es endlich real. Ich wurde getröstet, das Gefühl hatte also seine Berechtigung.

Vermutlich war ich nicht auf der Beerdigung, weil meine Mutter mich schützen wollte, aber es war auch ein Ausschluss, ich wurde von Helmut und seinem Tod ferngehalten. Meine Mutter erzählte mir nur sehr beiläufig davon. Ich hörte heraus, dass Helmuts Kinder und Schwiegerkinder nicht sehr freundlich zu ihr gewesen waren, und vermutlich war auch das ein Grund, weshalb sie mich nicht dort hatte haben wollen. Und weshalb uns nichts von Helmut überlassen wurde. Ich schätze, von außen wirkte es so, dass eine Ausländerin mit Kind über die Runden zu kommen versuchte und sich von einem gutgläubigen Witwer verehren und beschenken ließ. Aber Liebe sieht von außen nicht so aus, wie sie sich von innen anfühlt. Wer hat hier wen gerettet?

Als ich am Friedhof ankam, suchte ich sein Grab, meine Mutter hatte mir beschrieben, wo es lag. Auch das hatte sie meinem Eindruck nach nur zögerlich getan. Ich setzte mich an den Rand und schaute sein Grab an, mir war nicht ganz klar, was man da so macht. Ich hörte irgendwas von Pearl Jam oder Neil Young auf meinem Discman und guckte. Hier war also Helmut. Ich wusste nicht, was mit seinen Sachen passiert war, mit seinen Schmetterlingen und Platten und mit Bach, der vermutlich alleine auf der Fensterbank gesessen hatte, bis jemand kam, um das Haus auszuräumen. Helmut war weg und mit ihm alle Verbindungen zu ihm. Ich war nie wieder dort, aber ich hatte meine Komponisten, und ich würde schreiben. Das weiß Helmut natürlich nicht, aber er ist dennoch manchmal da, zwischen meinen geschriebenen Worten. Mein lieber alter Freund Helmut.

ALLE MEINE KINDER

»Nicht nur unsere Kinder sind gestorben.
Ich kann nicht sterben und ich kann nicht leben.
Ich bin irgendwo dazwischen.«

Serpil Temiz Unvar

In der Abschlussdiskussion zu Arthur Millers *All My Sons, Alle meine Söhne*, fragte unser Lehrer im Englisch-Leistungskurs, wie wir handeln würden, wenn ein Elternteil die Schuld am Tod anderer Menschen trüge und nicht dafür einstünde. Wir hatten in den Wochen davor eingehend über das Theaterstück und dessen Protagonisten Joe Keller gesprochen, der wissentlich defekte Ventile an die US-Armee ausgeliefert hatte und sich durch eine Lüge vor der Verurteilung drücken konnte. Das defekte Material führte zum Absturz von über zwanzig Armeeflugzeugen, unter anderem das seines eigenen Sohnes Larry, der im Februar 1944 vor der chinesischen Küste verschwand. Für das Verbrechen ging Joes unschuldiger Geschäftspartner ins Gefängnis. Joe schwieg damals. Für ihn bleibt weiterhin klar, dass er für seine Familie handelte. Am Ende des Stücks erfährt er von seinem jüngeren Sohn Chris, dass Larry über die Tat ihres Vaters Bescheid wusste und aus Scham in das defekte Flugzeug stieg. Er konnte die Schuld seines Vaters am Absturz seiner Kameraden nicht ertragen und wählte den Freitod.

Unser Englischlehrer nutzte die Stunden oft für Diskussionen, gab uns viel Raum für unsere Ansichten. Er war einer der wenigen coolen Lehrer, mit Jeans und wuscheligem Haar, ein Kumpel. Offenbar hatte er unsere Reaktion nicht erwartet, denn er war entgeistert, als wir einhellig antworteten, dass wir unsere Eltern weder verraten noch aus unserem Leben verbannen würden. Ich erinnere mich gut an sein angespanntes Gesicht und seinen sich schnell bewegenden Mund, daran, wie er versuchte, nicht streng und autoritär zu wirken. Ich hatte vorher noch nie auf seine Zähne geachtet, aber als er uns so vehement ins Gewissen redete, bemerkte ich, wie schief und verfärbt sie waren. Selbst heute, wenn ich mich an diesen Moment erinnere, sehe ich vor allem seine Zähne, und mir kommt es vor, als offenbarte sich darin etwas sehr Hässliches. Ich konzentrierte mich auf seine Makel, weil ich etwas an ihm ablehnen wollte, er durfte nicht mehr cool sein. Er sprach über gesellschaftliche Verantwortung, aber wir dachten an unsere Mamas und Papas und wie sehr wir sie liebten. Er hatte dort nichts zu suchen, wo diese Liebe war.

Die Sitzung endete mit dem Alten, der sich über die Jungen wunderte und andersherum. Der Muff saß dieses Mal aber nicht unter dem Talar, sondern hatte sich brav die Kinderschuhe angezogen. Unser Lehrer war in den Sechzigern vermutlich zu jung, um mittendrin gewesen zu sein, aber er argumentierte aus der gesellschaftlichen und womöglich auch familiären Erschütterung jener Jahre heraus. Wir steckten noch in unseren gemütlichen westdeutschen Teenagerjahren der Neunziger und waren recht zufrieden mit uns und der Welt um uns herum. Es würde Jobs geben, es würde Frieden geben und harmonische Weihnachtsfeiern bei den Eltern auch.

Einige Jahre nach dieser Diskussion, als ich an meiner Diplomarbeit saß, fiel mir wieder dieser Konflikt aus meiner Schulzeit ein. Thema meiner Arbeit war die filmische Erinnerung an den Holocaust. Ich hatte bereits unzählige

Filme gesehen und war inzwischen auf der Suche nach unbekannten, obskuren Beispielen. Ich lieh mir in der Mediathek der Uni eine VHS mit Fernsehmitschnitten aus, unter anderem eine Art Kammerspiel aus dem Jahr 1962 von Egon Monk, einem Brecht-Schüler. Der Film wurde vom NDR produziert und heißt *Die Anfrage*, darin stellt sich ein junger Physiker der Geschichte des Hauses, in dem sich sein Münchner Institut befindet. Ich kann nicht sagen, dass der Film im künstlerischen Sinne wichtig ist, aber er setzte sich in meinem Denken fest. In einer Szene wird ein leerer Gerichtssaal gezeigt, hell und steril, aus dem Hintergrund plädiert ein Mann auf schuldig: »Ich habe einen Sohn. Es ist besser für einen Sohn, einen schuldigen Vater zu haben als einen nicht zurechnungsfähigen Vater.«

Ich haderte lange mit diesem Satz. Meine erste Reaktion war eine rein affektive Ablehnung, denn verurteilte Eltern bedeuten Scham und Wut, vermutlich Jahre des Zerwürfnisses und der Trennung. Aber dann dachte ich an Joe Keller, dessen Schweigen seine Familie vor all dem nicht verschont hatte. Unser Lehrer hatte uns beibringen wollen, dass Verantwortung nicht mit der eigenen Biographie beginnt oder endet, dass sie nicht nur eine juristische Dimension hat. Menschen sind verwoben mit ihren Familien und deren erzählten und nicht erzählten Geschichten, aber ebenso mit den Geschichten der Orte, an denen diese Familien ihre Leben verbringen. Was unsere Eltern und Großeltern getan und gesagt oder auch nicht getan und nicht gesagt haben, zieht kleine und große Kreise – um uns und um sie und die Leben, die wir berühren, um die Gesellschaften, in denen wir uns davon erzählen und nicht erzählen, um uns als Menschen in der Einzahl und der Vielheit.

Lange Zeit dachte ich, dass ich mir die Frage nach der Schuld meiner Familie nicht stellen müsse, da die Kreise ihrer Leben nicht in Deutschland gezogen wurden. Ich hatte keine Nazis in der Familie, weder lebende noch tote und auch keine verschwiegenen und versteckten. Es gab sie nicht, weil meine Vorfahren nicht in diesem Land gelebt hatten. Ich durfte, musste aber auch andere Wege finden, um mich mit ihm verwoben zu fühlen. Vielleicht war das ein Grund, weshalb ich mir gerade dieses Thema für meine Diplomarbeit ausgesucht hatte. Die deutsche Gesellschaft und Gegenwart sind nicht ohne ihre jüngere Geschichte zu denken. Die Filme und Texte, die ich in dieser Zeit sah und las, waren voller Geschichten über die Geschichte, machten sie konkreter und komplizierter zugleich. Irgendwann fühlte ich nicht nur für die Zeitspanne eines Films, was sie miteinander und mit mir verband. Ein vielschichtiges, anhaltendes Gefühl setzte sich in mir fest, ein Gefühl der Verzweiflung und Wut und Rebellion. Ich begriff, dass die Abwesenheit von Nazis in meiner Familie nicht bedeutete, dass die Ideologie der Nazis in meinem Leben abwesend war. Allein die Vorstellung, es müsse eine biographische Verbindung zu der Geschichte eines Landes geben, bedeutet bereits, dass man auf diese Ideologie hereingefallen ist. Meine Präsenz definiert meine Zugehörigkeit, weil sie jenseits aller ideologischen Konstrukte real ist. Ich bin hier, und wie diese Gesellschaft sich diesem Ich gegenüber verhält, konkret und abstrakt, definiert meinen Platz in ihr.

Der Autor und Psychiater Franz Fanon, der auf der karibischen Insel Martinique zur Welt kam, als diese noch eine französische Kolonie war, schrieb: »Eine Gesellschaft ist rassistisch, oder sie ist es nicht. Es gibt keine verschiedenen Stufen von Rassismus.« In einer rassistischen Gesellschaft gibt es keine Nische, in der ich existieren kann, ohne von Rassismus betroffen zu sein. Das bedeutet nicht, dass ich in jedem Moment Rassismus erfahre, dass ich in jedem Moment Opfer bin. Es geht um mehr als um individuelle Erfahrungen und Verfehlungen. Es betrifft eine Struktur, in der wir uns alle konstant begegnen und behaupten müssen. Wenn Rassismus also skandalisiert wird, dann sollte er nicht als Abweichung, sondern als nicht mehr tragbare und tolerierbare Regel benannt werden, sonst dient die Skandalisierung nur der Entlastung jener, die nicht von ihm betroffen sind. »Wir« sind nicht so, darf nicht mehr gelten, weil dieses Wir bisher davon profitiert hat, dass Rassismus in das System eingeschrieben ist.

Wenn es einen Bruch geben soll, der nicht nur behauptet wird, sondern sich in den ideologischen und materiellen Bedingungen des gesellschaftlichen Zusammenlebens niederschlägt, wenn er also nicht nur ein abstrakter sein soll, muss sich das Wir ändern, das sich auf gemeinsame Vergangenheiten, Gegenwarten und Zukünfte beruft. Demokratie und Pluralismus können nicht durch kosmetische Korrekturen hergestellt und am Leben gehalten werden. Dem Wir des Ausschlusses, der Verfolgung und Entmenschlichung muss konkret und lebendig widersprochen werden. Mörderische Ideologien beginnen im Kleinen, mit Worten und Bildern und Handlungen. Sie werden immer stärker und gezielter eingesetzt, bis sie nicht mehr nur Unwohlsein verbreiten, sondern Gewalt.

In *Die zweite Schuld* schreibt der Journalist Ralph Giordano, dessen jüdische Mutter Lilly 1945 nur knapp der Gestapo entkam, dass es nicht möglich sei, »die kriminelle Gesamtheit des NS-Staates auf einen Teilsektor oder eine bestimmte Phase seiner Herrschaft zu reduzieren«, da »der Nationalsozialismus durch und durch verbrecherisch war, von seiner Peripherie bis zu seinem Zentrum«. Die Gewalt steckt bereits in jedem Wort. Man muss noch nicht mal viel Phantasie besitzen, um sich der Konsequenzen menschenverachtender Aussagen bewusst zu werden. Dabei ist es irrelevant, ob man sich für solche Worte vor einem Gericht verantworten muss oder nicht. Dort gilt eine andere

Art der Schuld, eine individuelle, die mit Hilfe des Strafgesetzbuches und der Strafprozessordnung ermittelt wird. Aber wir leben in einem Kollektiv, ganz gleich, ob wir es sehen oder wollen. Aus diesem Grund gibt es Verfahren, in denen auch Dinge geprüft und befragt werden, die nicht nur die angeklagte Person betreffen und die man juristisch nicht bewerten und ahnden kann. In solchen Fällen zählt nicht nur das Schuldbewusstsein des Einzelnen oder das gesprochene Urteil. Es geht um eine Befragung der gesellschaftlichen Verhältnisse, in denen die individuelle Tat denk- und ausführbar wurde. In diesen Zusammenhang passt ein Wortwechsel aus einem anderen Film Egon Monks, der ebenfalls in einem Gerichtssaal spielt:

Zeuge 3
Ich stehe gleichgültig
Vor den einzelnen Angeklagten
Und gebe nur zu bedenken
Daß sie ihr Handwerk
Nicht hätten ausführen können
Ohne die Unterstützung von Millionen anderen

Verteidiger
Hier steht nur zur Diskussion
Was unseren Mandanten bewiesenerweise vorgehalten werden kann
Vorwürfe allgemeiner Art
Bleiben belanglos
Vor allem Vorwürfe
Die sich gegen eine ganze Nation richten

Diese Sätze stammen von Peter Weiss, dessen Oratorium *Die Ermittlung* Monk 1966 für den NDR als Fernsehspiel produzierte. Gegenstand und Quelle von *Die Ermittlung* ist eben solch ein seltenes, das gesellschaftliche Fundament erschütterndes Gerichtsverfahren, das von 1963 bis 1965 in Frankfurt am Main geführt wurde und gemeinhin als erster Auschwitz-Prozess bezeichnet wird.

In der Urteilsbegründung sagte der Vorsitzende Richter Hans Hofmeyer unter anderem: »Das Schwurgericht war nicht berufen, die Vergangenheit zu bewältigen. [...] Bei der Frage der Schuld konnte das Gericht nur die kriminelle Schuld, das heißt, die Schuld im Sinne des Strafgesetzbuchs untersuchen. Nicht stand für das Gericht die politische Schuld, die moralische und ethische Schuld im Mittelpunkt seiner Prüfung.«

Diese Beschränkung zeigt, dass bei politischen Gerichtsprozessen die justizielle Aufarbeitung nicht ausreicht, um einen Rechtsstaat am Leben zu halten – insbesondere wenn er sich selbst als Prinzip zu verteidigen hat. In der Nachkriegsgeschichte der Bundesrepublik war das im Auschwitz-Prozess ebenso der Fall wie im Stammheimer Prozess und dem NSU-Prozess. Letzterer begann genau fünfzig Jahre nach dem Prozess in Frankfurt und wurde ebenfalls gegen Menschen geführt, die der nationalsozialistischen Ideologie folgten und andere Menschen ermordet hatten. Dieses Mal waren sie nicht ausführender Teil eines totalitären Regimes, sondern selbsterklärte Feinde seines demokratischen Nachfolgestaates. Gebaut auf – aber auch aus – dessen Trümmern.

Der NSU-Prozess hat diese Trümmer und die Kreise, die sich um uns alle ziehen, sichtbar gemacht. Er hat gezeigt, dass nicht nur Opa ein Nazi gewesen ist, sondern dass auch die Enkelkinder Nazis werden können. Es ging darin um deutsche Familien, um die Schuld und Unschuld von Vätern und Müttern, von Töchtern und Söhnen.

Einer der Söhne war Abdulkerim Şimşek, der dreizehn Jahre alt war, als sein Vater Enver Şimşek am 9. September 2000 als erstes Mordopfer des NSU von den Rechtsterroristen Uwe Mundlos und Uwe Böhnhardt erschossen wurde. Elf Jahre lang lebten Abdulkerim und seine Schwester Semiya damit, dass die Polizei ihrem Vater einen kriminellen Hintergrund unterstellte und in seinem sozialen und familiären Kreis nach den Mördern suchte. Am 402. Verhandlungstag konnte der Sohn in Anwesenheit der Angeklagten erklären, was es mit ihm anrichtete, nicht nur seinen Vater auf diese brutale Weise verloren zu haben, sondern sich als Heranwachsender für dessen Andenken schämen zu müssen: »Heute kann ich hier stehen und offen reden, ich kann sagen, mein Vater ist unschuldig, mein Vater wurde ermordet, nur weil er ein Türke ist, er wurde von Nazis umgebracht, weil er Türke ist, nur einfach weil er eine andere Hautfarbe, eine andere Herkunft hat, er wurde von Nazis umgebracht, kann ich heute ganz offen und ehrlich sagen, ist Opfer von Nazis. Es ist keine Schande. Früher war das ja nicht so, da hieß es, mein Vater sei schuldig, und wenn ich das gesagt hätte, wäre ich das Kind eines Drogendealers, und das ist eine Riesenerleichterung.«

Die Familien hatten immer wieder den Verdacht geäußert, dass die Morde rassistisch motiviert waren, aber die Polizei suchte stur weiter im Umfeld der Getöteten, auch beim achten Mordopfer, dem am 4. April 2006 erschossenen Mehmet Kubaşık. Die meisten Opferfamilien wurden wie Verdächtige befragt und stigmatisiert. Die Beamten unterstellten den Opfern, ein Doppelleben geführt zu haben, sprachen in fast allen Fällen von organisierter Kriminalität und Drogenhandel. Auf diese Weise wurde den Kindern von Enver Şimşek und Mehmet Kubaşık nicht erlaubt, um die Väter zu trauern, die sie kannten, weil die Polizei ihnen Väter präsentierte, die ihnen fremd waren – schuldige Väter.

Sebastian Scharmer, der Anwalt von Mehmet Kubaşıks Tochter Gamze, nannte dies in seinem Plädoyer einen zweifachen Mord, und Stephan Kuhn, der Anwalt eines der Opfer des Nagelbombenanschlags in der Kölner Keupstraße am 9. Juni 2004, sprach in seinem Plädoyer von der »Bombe nach der Bombe« und führte aus: »Für die erste Bombe, das hat die Beweisaufnahme gezeigt, trägt die Verantwortung der NSU, für die zweite trägt sie der deutsche Staat.«

Es gab nämlich keinerlei Anhaltspunkte dafür, dass die Opfer des NSU vor ihrer Ermordung kriminellen Aktivitäten nachgegangen waren. Man kann also davon ausgehen, dass allein die Vorurteile der Ermittler*innen die Grundlage für die Verdächtigungen bildeten und durch eine bessere Ermittlungsarbeit Menschenleben hätten gerettet werden können. Tatsächlich häuften sich von Mord zu Mord nicht nur die Anzeichen, dass die Taten miteinander verknüpft waren, sondern auch, dass sie einen rechtsterroristischen Hintergrund hatten. Den Behörden waren die militanten Nazistrukturen schon längst bekannt, sie wussten auch, dass die untergetauchten Böhnhardt, Mundlos und Zschäpe rechtradikal und gewaltbereit waren. Vor allem der Verfassungsschutz hatte keinen Grund, etwas anderes als die Suche nach rechtsradikalen Täter*innen zu priorisieren. Aber die schreckliche Wahrheit ist, dass die Ermittler*innen mit demselben Blick auf die Opfer und ihre Hinterbliebenen schauten wie die Mörder – was sie sahen, waren *Andere*.

Exemplarisch hierfür steht ein Zitat aus der operativen Fallanalyse, die 2007 im Rahmen der Ermittlungen erstellt wurde, um sich ein Bild von den Täter*innen zu machen: »Vor dem Hintergrund, dass die Tötung von Menschen in unserem Kulturraum mit einem hohen Tabu belegt ist, ist abzuleiten, dass der Täter hinsichtlich seines Verhaltenssystems weit außerhalb des hiesigen Normen- und Wertesystems verortet ist.«

Ich frage mich, wann und wie dieses Normen- und Wertesystem gegolten haben soll, weil selbst der generationelle Rahmen der Verfasser*innen diesen Satz unmöglich macht. Sie mögen keinen Sinn für Geschichte haben, aber sie mussten doch die knapp fünfzehn Jahre zurückliegenden Brandanschläge von Mölln und Solingen mitbekommen haben! Mölln, wo am 23. November 1992 Bahide Arslan und ihre beiden Enkelinnen Yeliz und Ayşe im Alter von zehn und vierzehn Jahren bei lebendigem Leib verbrannten, während die Täter die Polizei anriefen und sich mit »Heil Hitler« meldeten. Und Solingen, wo wenige Monate später am 29. Mai 1993 fünf Frauen und Mädchen der Familie Genç starben: Gürsün İnce im Alter von siebenundzwanzig, Hatice Genç im Alter von achtzehn, Gülüstan Öztürk im Alter von zwölf, Hülya Genç im Alter von neun und Saime Genç im Alter von vier Jahren. Menschen mit türkischen Namen, die ermordet wurden, weil die Täter sie nicht zu ihrem Kulturraum zählten.

Ich werde in ungewöhnlichen Momenten an diese Gewalttaten erinnert, immer dann, wenn mich jemand fälschlicherweise Aslan nennt. Viele Menschen halten mich für türkisch und muslimisch, was ich meistens ebenso ignoriere wie die falschen Namen, die sie mir geben. Nicht aus Höflichkeit. Ich möchte mich nur weder erklären, noch möchte ich mich von etwas abgrenzen, das in diesem Land kontinuierlich abgewertet wird. Wenn mich Menschen zu einer Türkin oder Muslimin machen, dann bin ich das wesentlich lieber als alles, was sie sind und sein wollen.

Anton-Sigfried-Anton-Ludwig, ich buchstabiere meinen Namen sehr oft auf diese Weise. Das bewahrt mich nicht davor, dass er gelegentlich als exotisch bezeichnet wird. Viele würden mir erklären, dass dem keine rassistische Intention zugrunde liege. Aber es ist ein Symptom mangelnder Akzeptanz und Auseinandersetzung mit der Pluralität der deutschen Gesellschaft.

Am 375. Tag des Münchner NSU-Prozesses begann Herbert Diemer das ausführliche Plädoyer der Bundesanwaltschaft, das über mehrere Tage andauerte. Diemer fand klare Worte für die rassistische Ideologie, die hinter den verhandelten Verbrechen stand, und ging auf alle zehn Opfer des NSU ein. Bevor er über die Polizistin Michèle Kiesewetter sprach, nannte er die neun Männer, die wegen der rassistischen Zuschreibungen der Täter als Ziel ausgewählt wurden: »Der 38-jährige Enver Şimşek, der 49-jährige Abdurrahim Özüdoğru, der 31-jährige Süleyman Taşköprü, der 38-jährige Habil Kılıç, der 25-jährige Yunus Turgut, der 50-jährige İsmail Yaşar, der 39-jährige Mehmet Kubaşık, der 21-jährige Halit Yozgat und der 41-jährige Theodoros Boulgarides.«

Doch der 25-jährige Mann, der als fünftes Opfer von Uwe Böhnhardt und Uwe Mundlos am 25. Februar 2005 in Rostock mit drei Kopfschüssen hingerichtet wurde, war nicht Yunus Turgut, sondern sein Bruder Mehmet. Ihre Namen wurden bei der Ausstellung ihrer türkischen Pässe verwechselt, der Fehler wurde nie korrigiert. Also reiste Mehmet Turgut unter dem Namen seines Bruders in Deutschland ein.

Angesichts der Tragweite und Komplexität des NSU-Prozesses erscheint es wie ein nebensächliches Detail, dass der Bundesanwalt diesen Fehler reproduzierte. Insbesondere weil sich dahinter mit großer Wahrscheinlichkeit keine Absicht verbarg. Dennoch ist es erstaunlich, dass es in einem mit Sicherheit sehr vorsichtig vorbereiteten Plädoyer zum Abschluss eines sechs Jahre andauernden Prozesses, der zu den wichtigsten der bundesdeutschen Geschichte gehört, so wenig Bewusstsein für die Identität der Opfer gegeben zu haben scheint. Wäre das denkbar, wenn die Namen der Brüder Jan und Martin gelautet hätten?

Diese Frage ist nicht banal. Es geht nämlich nicht bloß um Namen, sondern um das Bewusstsein, dass sie für Mitmenschen stehen, die nicht als selbstverständlicher Teil dieser Gesellschaft gesehen werden. Es geht um den Blick, mit dem sie wahrgenommen werden, nicht um sie.

Herbert Diemer wollte im NSU eine schreckliche, wahnhafte Ausnahme in »diesem freien, freundlichen Land« sehen. Gleichzeitig kannte Diemer den Satz aus der polizeilichen Analyse ebenso wie die rassistische Vorgehensweise der ermittelnden Behörden. Er wusste, dass die Sonderkommissionen *Halbmond* und *Bosporus* hießen und kannte auch die Begriffe aus der Berichterstattung zu den Morden: *Türken-Mafia, Halbmond-Mafia* und *Döner-Morde.* Erst 2011, als Böhnhardt und Mundlos sich umgebracht hatten und Beate Zschäpe in Untersuchungshaft saß, diskutierte die Öffentlichkeit über den diskriminierenden Charakter dieser Begriffe. Offenbar musste erst die völlige Unschuld der Ermordeten erfasst werden, bevor die entmenschlichende Stereotypisierung erkennbar wurde.

Dennoch hat dies nicht in dem Maße in die Gesellschaft hineingewirkt, wie es notwendig gewesen wäre. Ich schreibe diesen Text und werde ständig von den Nachrichten eingeholt: der Mord an Walter Lübcke, die antisemitischen und rassistischen Terroranschläge in Halle und Hanau, die Aufdeckung bundesweit agierender rechtsradikaler Strukturen wie Hannibal, Nordkreuz und die Gruppe S, die Drohbriefe des aus der Mitte der Polizei kommenden NSU 2.0 gegen politisch engagierte Frauen. Allein die Menschenverachtung, die aus der Wahl eines Namens wie NSU 2.0 spricht, verschlägt mir die Sprache. Und dies sind bloß die alarmierendsten Beispiele.

Der NSU verstand seine Taten als Warnung an alle potenziellen Opfer. Die Gesellschaft hat es bis heute nicht geschafft, ihnen überzeugend zu demonstrieren, dass diese Warnung nicht in ihrem Sinne geschehen ist. In meinen Augen hat es also kaum mehr als symbolischen Wert, dass *Döner-Morde* 2011 zum Unwort des Jahres gewählt wurde. Immerhin gibt es dieses Symbol. In der Begründung der »Unwort«-Jury wurde festgehalten, dass der Begriff »über Jahre hinweg die Wahrnehmung vieler Menschen und gesellschaftlicher Institutionen in verhängnisvoller Weise beeinflusst[e]«. Wenn also ein Normen- und Wertesystem so etwas zulässt, wie schafft man es dann, dieses System als überlegen wahrzunehmen? Wie gelingt eine derart verzerrte Selbstwahrnehmung?

In demselben Klassenzimmer, in dem wir über *All My Sons* diskutierten, wurde ich mit eben diesem Überlegenheitsgefühl konfrontiert. Ich war noch in der Mittelstufe und hatte eine andere Englischlehrerin. Diese Lehrerin fand niemand cool und kumpelhaft, was dazu führte, dass wir ihr das Leben unnötig schwermachten. Sie ging meist vor der grünen Tafel auf und ab, klackerte mit ihren altmodischen Schuhen. Ihr kleiner Kopf schien dabei über ihrem Bauch zu schweben, während sich ihr Rücken von beiden wegkrümmte, ein Körper wie ein Fragezeichen. Unsere Klasse war in ihrem Unterricht laut und unkonzentriert, was sie in einer Stunde zu dem Ausruf »Benehmt euch wie gesittete Mitteleuropäer!« verleitete. Ich saß in der letzten Reihe und rief ihr sofort entgegen: »Wenigstens kriegen die Lehrerinnen in unseren Ländern die Kinder in den Griff!« Ich hatte mich instinktiv angegriffen und verletzt gefühlt, auch wenn ich nicht verstanden hatte, weshalb, schließlich war auch ich Mitteleuropäerin. Warum sprach ich von *unseren Ländern*, wenn ich diese Länder gar nicht kannte? Welche Länder überhaupt?

Ich wurde natürlich vor die Tür gesetzt und musste, glaube ich, später deswegen auch zum Schuldirektor. Ich erinnere mich nicht mehr so genau, weil das häufiger vorkam. Dann saß ich auf seinem Ledersofa, umgeben von Ölgemälden früherer Schulleiter, die alle mit rosigem Gesicht und dunklen Anzügen streng auf mich niederblickten. Ich verachtete die Strenge, für die sie standen.

Einmal musste ich dort sitzen, weil ich mich im Philosophieunterricht dagegen gewehrt hatte, den ersten Absatz aus Kants *Beantwortung der Frage: Was ist Aufklärung?* ohne Vorlage aufzuschreiben. Sicherlich aus Faulheit, aber auch, weil ich der Ansicht war, dass es Kants Maxime widerspreche, seine Sätze einfach auswendig zu lernen. Da mein Philosophielehrer aussah wie nur Philosophielehrer aussehen können, asketisch und weltverdrossen und mit langem dunklen Bart, fiel es mir gar nicht so leicht, ihn dermaßen zu verärgern. Aber ich sagte ihm, was ich später auch dem Schuldirektor sagte, nämlich dass ich doch bitte nicht beigebracht kriegen möchte, für mich selbst zu denken, wenn ich anschließend wie ein Automat die Worte eines anderen wiedergeben solle. Ich war also eine Nervensäge, aber ich hatte auch schlicht zu wenig, an dem ich mich festhalten konnte, ob nun familiär oder kulturell. Ich war bereit, bis auf meine letzten Reserven darum zu kämpfen, das wenige sein zu dürfen, von dem ich damals noch dachte, dass ich es sei. Heute fühle ich mich kulturell sicherer, weil ich nicht mehr das Bedürfnis habe, mich irgendwo zu verorten und festzuschreiben. Zu meinem kulturellen Hintergrund gehören auch Dinge, die zueinander keinen Bezug haben, und wie ich mich auf sie beziehe, geht niemanden etwas an. Ich habe freiwillig und unfreiwillig Grenzen passiert, Landesgrenzen und Sprachgrenzen und meine eigenen Grenzen, und durch jede dieser Passagen wurde eine unsichtbare Karte entworfen, die ebenso existent oder nicht existent ist wie alle anderen Karten dieser Welt auch.

In der Situation mit meiner Englischlehrerin hatte ich noch einen Denkfehler begangen, hatte ihre Ausgrenzung akzeptiert: sie Mitteleuropäerin und ich nicht. Meine Reaktion war eine fehlgeleitete Attacke, die auch noch den Autoritarismus des Iran oder des Irak, wer weiß das schon so genau, verteidigte. Heute würde ich nicht mehr über *unsere Länder* sprechen, ich habe kein Land – weder ein morgenländisches noch ein abendländisches. Ich lebe an Orten und setze mich mit ihnen auseinander. Das ist der maximale Grad der emotionalen und intellektuellen Verbindlichkeit, die ich in diesem Zusammenhang aufzubringen bereit bin. Nicht weil ich nicht an Gemeinschaftssinn glaube, sondern gerade weil ich es jenseits von abstrakten Gebilden wie Volk und Vaterland tue.

Inzwischen erkenne ich, dass ich damals als Schülerin auch meinen Vater verteidigen wollte. Ich hatte ihn seit Jahren nicht mehr gesehen oder gesprochen, aber ich war seine Tochter und er ein Teil von mir. Ich wusste, in *unseren Ländern*, da war er jemand, er hatte einen wichtigen Job und wurde respektiert, er war ein Mann mit einer Aufgabe und einem guten Platz in der Gesellschaft. Die Details kannte ich damals ebenso wenig wie heute, nur dass er den Schah unterstützte und Khomeini nicht. Und ich weiß, dass er für den iranischen Geheimdienst SAVAK arbeitete, also für eine Organisation, die kontrollierte, zensierte und folterte. Ich war zu jung, um ihn danach zu fragen, als ich ihn noch fragen konnte, aber wenn ich mir die Familiengeschichten anderer anschaue, hätte es auch mir gut passieren können, dass ich nie gefragt hätte. Und dann wüsste ich auch nicht mehr als heute, nämlich dass er mir das Fahrradfahren und Schwimmen und Schachspielen beibrachte, dass sein Schnurrbart mich pikste, wenn wir kuschelten, dass er mir aufmerksam und geduldig zuhörte, dass er sanft und streng zugleich war. Ich erinnere mich nicht an den Klang seiner Stimme oder wie seine Hände aussahen, aber ich werde nicht vergessen, wie sehr ich ihn verehrte und nie einen Tag ohne ihn leben wollte. Heute lebe ich ohne ihn als Vater, dafür mit einem ambivalenteren Bild von dem Mann, der er war. Das ist nicht viel, vermutlich ist es zu wenig, wenn man die Menschen fragt, die unter dem SAVAK gelitten haben. Weil ich woanders lebe, kann ich mich leichter darum drücken, eine Antwort auf die Frage finden zu müssen, ob es besser ist, einen schuldigen Vater als einen unzurechnungsfähigen Vater zu haben. Aber ich bin nicht mehr das Kind im Klassenzimmer, und ich bin nicht nur Tochter. Die Vorwürfe gegen die ganze Nation, wie es bei Peter Weiss heißt, richten sich nämlich nicht an eine abstrakte Gemeinschaft, sondern an jede einzelne Person, weil es eben einen Unterschied macht, wie man sich ganz persönlich zu diesen Vorwürfen verhält.

Das bedeutet für mich, dass ich mich unter anderem den Verklärungen eines abendländischen Kulturraums und seiner Leitkultur widersetze. Nicht zuletzt, weil meinem Empfinden nach den Mordopfern des NSU, den Ermordeten von Mölln und Solingen, von Halle und Hanau ein weiteres Mal Gewalt angetan wird. Denn ihre Tode sind nichts anderes als eine drastische Konsequenz dieses Denkens und darin bereits im Kern enthalten. Ohnehin ist es angesichts der mörderischen Geschichte dieses vermeintlichen Kulturraums unerhört, seine Überlegenheit zu behaupten. Wenn es eine leitende kulturelle Haltung in diesem Land geben sollte, dann wäre das meiner Ansicht nach Demut. Der Glaube an die schöne und gute Kultur als Leitgedanke kann bloß aufrechterhalten werden, weil man den historischen Glauben an das Recht, andere Kulturen zu leiten, andere Menschen zu leiten, in die Sklaverei und in den Tod, willentlich vergisst. Und auch willentlich vergisst, dass man denselben Worten und Gedanken einen wohlklingenden Anstrich verleiht, die andere verwenden, um ihre Menschenverachtung zu legitimieren. Manche Begriffe und Vorstellungen kann man nicht retten, weil sie immer eine Spur dessen nach sich ziehen, was in ihrem Namen verbrochen wurde.

Ich glaube, dass es Walter Jens darum ging, als er in einem 1965 verfassten Kommentar zu *Die Ermittlung* forderte, sich nicht nur der historischen Fakten, sondern auch »Auschwitz als Drohung von morgen« gewahr zu werden. Ich kann mir nicht vorstellen, dass er dabei schlicht ein zweites, sich wiederholendes Auschwitz vor Augen hatte. Ich möchte es lieber als Mahnung verstehen, als Erinnerung daran, dass man auf Zusammenhänge und Kontinuitäten achtet, dass man über seine Position innerhalb der Gesellschaft und seiner Geschichte nachdenkt, das Innere mit dem Äußeren konfrontiert, die großen Bewegungen und Brüche im Kleinen verfolgt: von Nationalgeschichte zu Familiengeschichte zu Lebensgeschichte zu Gegenwart.

Beim Lesen der Protokolle des NSU-Prozesses habe ich mich gefragt, ob die Beteiligten, vor allem aus dem Umkreis der Täter*innen, ein Bewusstsein für diese Verbindungslinien entwickelt haben. Vielleicht ist das zu viel verlangt, vielleicht verflache ich die damit einhergehenden emotionalen Herausforderungen und Konflikte. Ich werde mir nicht anmaßen, ein Urteil über mir fremde Menschen zu fällen, aber wie seltsam wäre es, sich über die Familien im NSU-Prozess Gedanken zu machen und dabei über die Familien der Täter*innen zu schweigen?

Die meisten Familienmitglieder der Täter*innen entzogen sich einer Aussage vor Gericht. Ich finde es bezeichnend, dass sich die Eltern von Böhnhardt und Mundlos, also den beiden toten NSU-Mitgliedern, am ausführlichsten äußerten. Es war offensichtlich ein Anliegen für sie, das öffentliche Bild ihrer Kinder zu beeinflussen. Sie hatten sichtlich Schwierigkeiten damit, sich einzugestehen, dass diese geliebten Menschen solche Taten begangen hatten.

Bei seiner Befragung durch den Richter am 69. Tag der Verhandlung kommt Siegfried Mundlos auf den Großvater seines Sohns Uwe zu sprechen: »Schade, dass der Opa so früh gestorben ist. Der hätte ihm erzählen können, wie es damals wirklich war.« Mir, die nicht aus einer Familie kommt, die seit Generationen in diesem Land lebt, wurde bei diesen Sätzen bewusst, wie tragisch dieses Schicksal eines so deutschen Lebens ist. Die Elterngeneration lebte im NS-Regime, sie selbst wuchsen in der DDR auf, und ihre Kinder wurden zu Nazis und Mördern im vereinten Deutschland. Mir liegt es fern, zu psychologisieren oder Schlussfolgerungen daraus zu ziehen. Diese Eltern sind nicht verantwortlich für die Entscheidungen ihrer Kinder, und ihre öffentlichen Auftritte sagen nichts über das gesamte Spektrum ihrer gedanklichen und emotionalen Auseinandersetzung mit diesen Verbrechen. Gleichzeitig erschauere ich, wenn ich manche ihrer Sätze lese.

In Bezug auf die Hinterbliebenen der NSU-Opfer sagte Brigitte Böhnhardt, dass sie tiefes Mitgefühl mit ihnen empfinde, »weil ich sie mit am besten verstehen kann«, und führte anschließend aus: »Ich wüsste auch gern, was geschehen ist. Ich wüsste zu gern, was sie verleitet hat, diese Taten zu begehen. Als Mutter suche ich nach jedem Strohhalm, dass es doch anders war. Ich kann mir meinen Sohn nicht als eiskalten Mörder vorstellen. Keiner hat das Recht zu töten. Und ausgerechnet mein Sohn soll das getan haben. Die Opferfamilien sind zumindest in der Lage, trauern zu können, auch öffentlich. Jedes Mal wenn ich das will, dann steigt in mir das Entsetzen darüber hoch, was er getan haben soll.« Ihr Ehemann Jürgen Böhnhardt richtete ebenfalls ein paar Worte an die Hinterbliebenen: »Darf ich mal in dem Zusammenhang mein Beileid ausdrücken den Leuten, die Opfer sind von den Uwes. Dass mir das unendlich leidtut, was da passiert ist. Ich kann mich da gut reinversetzen. Beim Uwe Böhnhardt war es ja auch so, dass er erschossen wurde. Er hat böse Sachen gemacht, gemeingefährliche Sachen, wenn das alles so gewesen ist. Was ich nicht abstreiten kann.« Und trotz der Differenzen, die es zwischen den beiden Familien zu geben scheint, äußerte sich Siegfried Mundlos einige Verhandlungstage später auf ähnliche Weise: »Ich bin nicht nur Zeuge, sondern auch Verletzter«, sagte er und richtete zum Schluss ein Wort an die Opferfamilien: »Ich bin unbedingt überzeugt, dass die Verbrechen aufgeklärt werden müssen. Ich kann tief mitempfinden, auch jetzt vor Weihnachten, welchen Schmerz es verursacht, wenn Angehörige heimtückisch ermordet werden. Auch ich will, dass aufgeklärt wird, wer hinter dieser Sauerei steckt.«

Alle drei glaubten, den Opferfamilien ihre Anteilnahme zu demonstrieren, und merkten offensichtlich nicht, dass sie in deren Beisein den Verlust der Ermordeten mit jenem der Mordenden gleichsetzten. Ja, alle haben Familienmitglieder verloren, aber nicht auf die gleiche Weise. Die individuelle Abwehr der Eltern ist nachvollziehbar, aber ich finde sie auch ungeheuerlich. Denn in demselben Zeugenstand fragte wenige Tage zuvor ein anderer Vater, İsmail Yozgat: »Warum haben sie mein Lämmchen getötet?«

Mir kommt es vor, als hätten die Eltern der NSU-Täter in ihrem Schmerz die politische und rassistische Dimension des Falls ausgeblendet. Das war sicher auch deshalb möglich, weil Ähnliches in unseren öffentlichen Debatten über faschistisches Denken und Handeln passiert. Sowohl auf die Vergangenheit wie auch auf die Gegenwart bezogen. Wie Wolken formieren sich Menschenverachtung und

Herrschaftsdenken immer wieder neu, brauen sich über uns zusammen zu einem Sturm, während wir noch damit beschäftigt sind, die einzelnen Formen aus ihnen herauszulesen. Doch oft genug ist eine dunkle Wolke bloß eine dunkle Wolke, die andeutet, dass das Wetter bald kippen wird. Aber Faschismus ist keine Naturgewalt, wir können ihm etwas entgegensetzen, weil wir seine Macher*innen sind.

Damals in der Diskussion um *All My Sons* versuchte unser Englischlehrer, uns vor Augen zu führen, dass wir nicht nur Töchter und Söhne sind, was bedeutet, dass wir auch nicht nur Väter und Mütter sein können. Die Kreise, die uns etwas angehen, sind weiter gefasst als die familiären.

Bevor Joe Keller sich am Ende von Millers Stück das Leben nimmt, sagt er über seinen Sohn Larry, der mit der Schuld seines Vaters am Tod vieler junger Soldaten nicht leben konnte: »Sure, he was my son. But I think to him they were all my sons. And I guess they were, I guess they were.«

ABENDLAND

One for the money, yes, Sir, two for the show
A couple of years ago on Headland and Delowe
Was the start of something good
Where me and my n* rode the Marta, through the hood

OutKast

Das Komitee, das mit der Planung unserer Abiturfeier beauftragt war, verfing sich in einem Konflikt, an dem schließlich der ganze Jahrgang beteiligt war. Es ging um den Ort für die Feier. Manche aus dem Komitee wollten das Grandhotel auf dem Petersberg mieten, das auf der gegenüberliegenden Rheinseite lag und in dem damals, als Bonn noch Hauptstadt war, Staatsgäste empfangen wurden. Die Kosten für die Versicherung des Marmorbodens waren allerdings so hoch, dass es anderen aus dem Komitee unanständig erschien, sie wollten die Bad Godesberger Stadthalle mieten, so wie viele Abiturjahrgänge vor uns. Ein paar Tage lang war es das große Thema in der Raucherecke, es wurde gelästert und mit den Köpfen geschüttelt. Wenn ich zurückblicke, kommt es mir wie der politischste Moment unserer Schulzeit vor.

Ansonsten kann ich mich bloß an eine Benefizwanderung von Bad Godesberg am ehemaligen Haribo-Werk in Kessenich vorbei ins Bonner Stadtzentrum erinnern; ich glaube, wir haben für Kinder in Togo gesammelt. Und mir fällt die Auseinandersetzung um die Basketballkörbe auf unserem Schulhof ein, die allerdings nicht offen geführt wurde. Das lag wahrscheinlich daran, dass es ein massives Ungleichgewicht der Machtverhältnisse gab. Eine mit dem Namensgeber der Schule verbundene Person, die zwar keine offizielle, aber doch noch repräsentative Position innehatte, äußerte sich verärgert darüber, dass nachmittags Jugendliche auf dem Hof spielten, die keine Schüler*innen bei uns waren. Sie benutzte dabei eine rassistische Bezeichnung, die sich wie ein Lauffeuer verbreitete. Es handelte sich nämlich in erster Linie um Schwarze Jungs, die in der Amerikanischen Siedlung in Plittersdorf wohnten und auf unserem Schulhof Basketball spielten. Vermutlich täusche ich mich, wenn ich mich zu erinnern meine, dass die Entscheidung fiel, die Körbe jeden Nachmittag abzuhängen. Dieses absurde Prozedere kann nicht real gewesen sein. Wer hätte diesen Aufwand betrieben, bloß weil Jugendliche Spaß haben und Sport treiben wollten?

Beim Konflikt rund um unsere Abifeier entschied sich die Mehrheit letztendlich für die Stadthalle, was ein paar meiner Mitschüler*innen verärgerte. Davon wussten wir anderen trotz der geheimen Abstimmung, weil einer von ihnen – er hatte ein Adelsprädikat im Namen – Buttons herstellen ließ, auf denen er seinen Unmut ausdrückte. Darauf stand: *Eure Armut kotzt uns an.* Ich glaube, er lief den Rest des Schuljahres damit herum. Das war ein krasses Statement, aber heute erkenne ich, dass die elitäre Haltung dahinter uns alle auf die eine oder andere Weise prägte.

An die Schule war ein Internat angebunden, das aus mehreren Häusern bestand. Nur ein Bruchteil der Schüler*innen wohnte dort, die meisten waren Externe. Ich kam mit vierzehn ins Internat und blieb sechs Jahre, die meiste Zeit in dem Haus, das den Namen »Abendland« trug. Ich war nicht der schwierigste Fall, mit dem sie es dort zu tun hatten, auch wenn mir der Ruf einer schwer erziehbaren Schulverweigerin vorausgeeilt war. Das alles war Resultat einer Ohrfeige, die mir der Mathelehrer auf meinem vorherigen Gymnasium verpasst hatte. In der Folge brach zwischen meiner Mutter und der Schulleitung ein Kampf aus, der all das Hässliche institutionalisierter Borniertheit zutage förderte. Irgendwann wollte ich nicht mehr in die Schule gehen, ich fühlte mich gedemütigt und schrecklich allein. Heute kann ich nicht mehr sagen, ob Rassismus oder die Abwertung einer Alleinerziehenden eine größere Rolle dabei gespielt hatten, aber die Situation beschäftigt mich immer noch. Ich hätte es damals nicht in Worte fassen können, aber diese Erfahrung erschütterte mein Vertrauen darin, dass das große Ganze auf Gerechtigkeit aufgebaut ist, ganz gleich, wie ungerecht es manchmal im Kleinen sein kann.

Aufgrund dieser Vorgeschichte wurden meine Internatskosten vom Jugendamt übernommen, was meines Wissens nicht so oft vorkam. Nach einiger Zeit war das nicht mehr nötig, aber alles in allem hatten die meisten im Internat wesentlich wohlhabendere Eltern als ich. Viele stammten aus Diplomatenfamilien und hatten eine Weile im Ausland verbracht: Kapstadt, Seoul, Washington, D.C., Moskau, Kiew. Das hinterließ bei mir keinen großen Eindruck, weil ich nicht das Gefühl hatte, ärmer oder anders als meine Mitschüler*innen zu sein. Für mich war es ebenfalls normal, zwischen Ländern und Sprachen zu leben und Eltern zu haben, die für den Staat arbeiteten. Ich war zwar das Kind von Flüchtlingen, aber ich war auch das Kind von Menschen, die in ihrer Heimat zur Elite gezählt hatten.

Für solche Biographien, das merke ich immer wieder, gibt es in Deutschland kaum ein Bewusstsein. Menschen mit sehr unterschiedlichen Erfahrungen und Hintergründen werden als Migrant*innen, als *people of colour*, zusammengefasst und einer engen Marginalisierungserfahrung zugeordnet – als Opfer von Rassismus. Mir versetzt es jedes Mal einen Stich, wenn ich Anfragen für Jobs und Auftritte erhalte und merke, wie eindimensional der Blick auf mich ist. Man sagt mir: »Wir sind zu weiß, darum möchten wir Sie dabeihaben«, in der Erwartung, dass ich daraufhin voller Lob und Dankbarkeit zusage. Ich möchte aber kein exotisches Accessoire sein. Ich werde lieber für das, was ich kann, als für das, was ich vermeintlich bin, bewertet oder engagiert. Und da spielt es eine Rolle, dass eine türkisch-muslimische Frau, eine kurdisch-alevitische Frau, eine syrisch-christliche Frau oder eine iranischstämmige und katholisch aufgewachsene Frau, wie ich es bin, die Dinge anders leben und erleben. Es ist von Bedeutung, ob jemand in Deutschland aufgewachsen oder erst im Laufe des Lebens hergezogen ist, ob die Person im Ursprungsland zur Mehrheit oder zu einer Minderheit gehörte, ob sie Zugang zu Bildung und anderen Privilegien hat oder nicht. Man muss sich bloß mal ausmalen, was passiert, wenn ein Mensch aus Franken bayrisch genannt wird oder eine aus Köln stammende Person mit »Helau« begrüßt und ein Altbier angeboten bekommt. Diese Beispiele sind gar nicht so lustig, wie sie klingen, weil ich zeit meines Lebens versucht habe, mir all diese regionalen Besonderheiten und Absurditäten anzueignen, während ich in provinzieller Manier pauschal als migrationshintergründig abgetan werde.

Das Missverständnis bei emanzipatorischen Selbstbezeichnungen wie etwa *women of colour* ist meines Erachtens die Annahme, dass sie etwas über die Identität der Personen aussagen würden. Dabei bieten solche Begriffe vielmehr die Möglichkeit, über das gesellschaftliche Zusammenleben und die Position einzelner Menschen und Gruppen in diesem Gefüge nachzudenken. Sie machen sichtbar, welche Lücken das System aufweist, wem es dient und wen es übersieht, ausschließt und unterdrückt. Aus diesem Grund wehren sich vor allem jene gegen die

Etablierung solcher Begriffe, die von diesem System, seinen Lücken und Ausschlussmechanismen profitieren. Es geht schlicht um Macht und Deutungshoheit, nicht darum, dass es unbequem wäre, ein paar neue Wörter anzuwenden oder gar alte zu verlernen. Es geht auch nicht um die Sorge vor einer vermeintlichen Spaltung, denn diese Begriffe zersetzen Einheit nicht, sondern decken bloß auf, dass es sie noch nie gegeben hat. Es ist also wichtig, *women of colour* zu sagen, wenn man die oben genannten Frauen meint, bloß darf man dabei nicht das Individuum, seine Facetten und seine Wandlungen vergessen. Wie Stuart Hall in seiner einzigartigen Autobiographie *Vertrauter Fremder* schreibt:

> Wir neigen dazu, Identität als etwas zu betrachten, das uns zu unseren Wurzeln zurückbringt, als einen Teil unseres Selbst, der über die Zeit im Wesentlichen gleich bleibt. Tatsächlich aber ist Identität ein nie abgeschlossener Prozess des Werdens – ein Prozess veränderlicher Identifizierungen, nicht eine einzelne, vollständige, fertige Daseinsform.

Wenn Menschen Bezeichnungen wählen, um ihr Anderssein zu unterstreichen, sollte das nicht gleichgesetzt werden mit den gemeinhin diskriminierenden und essenzialistischen Fremdzuschreibungen, gegen die sie sich mehrheitlich wehren. Es liegt nämlich eine andere Wertigkeit darin, wenn man durch Worte zum Opfer und Objekt gemacht wird oder mit ihrer Hilfe aufzeigt, dass man genau das nicht mehr hinnehmen will. Absurd wäre es, davon auszugehen, dass Menschen sich ausschließlich durch die von ihnen erlebte Diskriminierung definieren, vor allem weil das ein einzelner Aspekt ihres Daseins ist, der darüber hinaus auch noch außerhalb ihres Einflusses liegt. Solange unser Menschenbild nicht offen und fluid genug ist, dass die meisten sich darin wiederfinden, bedarf es eben des Verweises auf Gruppenidentitäten, die nicht der engen Norm entsprechen.

Zu Beginn meiner Internatszeit war ich jedenfalls eine verstörte und wütende, aber auch verwöhnte Vierzehnjährige, die kein großes Bewusstsein für Klasse oder Herkunft besaß. Auch wenn ich mitbekam, dass meine Mutter sich oft um Geld sorgte und sehr hart arbeitete, fand ich es selbstverständlich, dass ich mit meinen Mitschüler*innen bei allem mithalten konnte. Als Einzelkind musste ich außerdem lernen, dass ich Räume, Sachen und Aufmerksamkeit nicht nur für mich allein haben konnte. Es dauerte einige Zeit, bis ich umsichtiger und demütiger wurde, meistens weil ich ordentlich eins auf den Deckel gekriegt hatte.

Ich erinnere mich an ein Gespräch, bei dem sich unser Erzieher darüber beschwerte, nach der offiziellen Schlafenszeit noch viel zu oft in unsere Zimmer kommen zu müssen, um für Ruhe zu sorgen. »Wofür wirst du denn bezahlt?«, sagte ich in die Runde und erntete umgehend eine harsche Rüge meines Hausvaters. Mir brannten die Ohren, weil ich nicht verstand, warum er so streng reagierte. Ein paar Tage später musste ich bei ihm antreten, um zu erklären, weshalb mein Kommentar daneben war. Es ging um Respekt, so viel hatte ich mir gemerkt, aber wie sehr es um die abscheuliche Dynamik von Macht, Geld und den Wert von Menschen ging, verstand ich erst endgültig, als mein Mitschüler mit seinen grotesken Buttons aufkreuzte.

Einige Wochen nach der Wahl, die ihn so verärgert hatte, feierten wir unser Abitur vermutlich ebenso ausgelassen, wie alle Abiturient*innen das so machen. Das Essen und die Räume waren inzwischen egal. Es dröhnten Britney Spears und Mr. Oizo, während wir in unseren eleganten Roben betrunken unter den Augen unserer stolzen und etwas besorgten Eltern tanzten und einander übermütig um den Hals fielen. Manche von uns würden weiterhin Kontakt halten, andere waren froh, sich nicht mehr täglich sehen zu müssen. Für die Internatsschüler*innen war der Bruch härter als für jene, die als Externe ausschließlich für die Schulstunden gekommen waren. Wir Internatskinder zogen aus und verließen die Stadt. Es war 1999, und niemand aus unserer Stufe schien sich allzu große Sorgen um die Zukunft zu machen. Alles war im Fluss. Bonn würde bald nicht mehr Regierungssitz sein, war also sowieso viel zu klein für unsere Egos und Ambitionen. Es gab noch kein Hartz IV und noch keine Anzeichen für die nahende Finanzkrise. Nicht alle aus meiner Abiturklasse wussten, wo sie landen würden, aber sicher war, dass wir einen guten Platz finden würden.

Im Internat war es nicht immer so reibungslos gelaufen. Es kam gelegentlich vor, dass jemand rausflog oder ging, ohne dass es sich gut oder richtig anfühlte. Am deutlichsten erinnere ich mich an Parvati, die kaum mehr als ein Jahr bei uns lebte. Sie war zwei oder drei Jahre älter als ich und ebenfalls im Iran geboren. Anders als meine Eltern waren ihre nach der Revolution im Land geblieben. Parvati kam erst als Teenagerin nach Deutschland, dem Land ihrer Mutter, hatte also das Regime der Ayatollahs und den Ersten Golfkrieg von klein auf miterlebt. Anders als ich besaß sie einen deutschen Pass und hatte deutsche Großeltern, und trotzdem wirkte ich viel deutscher als sie. Sie führte mir vor Augen, wie weit weg der iranische Anteil meines Lebens war, und ließ die Unterschiede zwischen mir und den anderen, die ebenfalls in Deutschland aufgewachsen waren, klein und unbedeutend erscheinen.

Parvati übte aber nicht nur auf mich eine große Anziehungskraft aus. Sie war sehr beliebt und wirkte in unserer Mitte wie ein Rockstar, schön und lässig und unangepasst.

Durch die Bekanntschaft mit ihr musste ich mir eingestehen, dass mein Bild von den Menschen im Iran viel zu einfältig gewesen war. Ich kannte sonst keine Iraner*innen, die nach der Revolution geblieben waren, und hatte mir alle, die noch im Land lebten, als bemitleidenswerte und zur Rückständigkeit gezwungene Unterdrückte vorgestellt. Sogar den Blick der Vorherrschaft hatte ich also übernommen. Eine seltsame Überidentifikation, die ich erst verlernen musste. Das war eine heftige und harte Lektion, weil mir dadurch Gewissheiten und vermutlich auch Vorteile abhandengekommen sind.

Jedenfalls war Parvati alles andere als bemitleidenswert. Sie flog bei uns ein und aus und wirkte über alles erhaben. Ihre einzige Sorge schien ihre Familie zu sein. Sie sprach oft von ihrer jüngeren Schwester, die noch zu Hause lebte, und fluchte über ihre Eltern, was bei uns allerdings nicht ungewöhnlich war. Manchmal hatten wir tatsächlich Grund, uns zu ärgern, aber nicht selten verdrängten wir auf diese Weise einfach unser Heimweh. Trotzdem setzte sich bei mir ein Bild von schrecklichen Menschen fest, die Parvati nicht verdient hatten. Wie groß die Verletzungen waren, erkannten wir erst später.

Unser Internatshaus war im selben Gebäude wie die Schule, das Abendland lag im linken Flügel, das Morgenland im rechten. Man musste also bloß die Treppen ein paar Stockwerke hoch- beziehungsweise runterlaufen. Wir hatten einen großen Speisesaal mit mehreren Tischen, an denen wir feste Plätze hatten. Es war generell eher laut, immerhin waren wir knapp dreißig Teenager*innen. Doch als bei einem unserer Mittagessen Kampfjets über das Internatsgebäude flogen, waren wir alle vom Krach völlig überrumpelt. Noch hatte niemand begriffen, was los war, als Parvati bereits schreiend aufgesprungen und aus dem Raum gelaufen war. Ich hatte das instinktive Gefühl, ihr hinterherlaufen zu müssen, und sprang ebenfalls auf. Ich fand sie ein Stockwerk höher in einer Ecke des Treppenhauses kauernd. Bereits in dem Moment kam mir alles zu dramatisch vor, wie ein Schauspiel. Aber wir konnten beide nicht anders aussteigen, als es durchzuspielen. Ich legte meine Arme um Parvati und begann, persisch zu sprechen. Ich konnte schon längst keine ganzen Sätze mehr bilden und wiederholte bloß ein paar erinnerte Brocken. Sachen, die ich als Kind gehört und schön gefunden hatte. Ich wollte sie erreichen und suchte nach allem, was mir zur Verfügung stand. Plötzlich kam sie mir wie eine kleine Schwester vor. Uns verband, was uns trennte: das Geburtsland, die Revolution, der Regimewechsel, der Krieg. Was für sie brutale, beängstigende Realität gewesen war, spielte in meinem Leben bloß als Schattentheater eine Rolle. Darum ist die Erinnerung an Parvati für mich noch heute wie ein Auftrag, meine eigenen Privilegien nicht unter den Teppich zu kehren, auch wenn ich von Diskriminierung betroffen bin. Ich bin nicht in einem Kriegsgebiet aufgewachsen und hatte die Möglichkeit, auf einer guten Schule mein Abitur zu machen. Ich weiß nicht, ob ich eine direkte Verantwortung trage für Menschen, auf die das nicht zutrifft, aber ich glaube zumindest daran, dass es selbst für Marginalisierte niemals ausreicht, nur für sich selbst und das eigene Wohl zu sorgen, wenn man sich eine bessere und gerechtere Gesellschaft wünscht.

Einige Zeit nach dem Vorfall mit den Kampfjets verließ Parvati das Internat. Sie war inzwischen volljährig und ließ sich vom Internatsleiter und den Hauseltern nicht zum Bleiben überreden. Das Internat war für sie kein schützender Puffer zwischen ihr und ihren Eltern, sondern die letzte zu kappende Verbindung. Sie wollte von ihnen weg, also musste sie auch uns verlassen. Als sie das letzte Mal vorbeikam, um ihre Sachen zu holen, erzählte sie einigen von uns, dass sie mit einer Freundin eine Wohnung angemietet hatte, die sie für Sexarbeit nutzten. Sie äußerte die Befürchtung, einer unserer Lehrer könne dort als Kunde auftauchen, aber dann zuckte sie mit den Schultern. Es war ihr gelungen, sich von ihren Eltern zu befreien, sich an ihnen zu rächen. Wir waren traurig, dass sie nicht bei uns bleiben wollte, dass wir ihr keine Familie sein konnten. Heute weiß ich, wie traumatisch es sein kann, sich in einer heilen Welt einrichten zu müssen, wenn man doch bloß auseinanderfallen möchte.

Nach Parvatis Wegzug begann auch für mich die letzte Phase meiner Internatszeit. Ich war keine Abendländerin mehr, wollte aber auch nichts mit dem neuen Haus, das »Trotzendorff« hieß, zu tun haben. Mir entging schon damals nicht die Komik dieser Namen. Aber eigentlich fand ich alles nur noch ätzend, insbesondere die neuen Menschen und Routinen. Ich aß und schlief dort, aber ich wollte weg.

Inzwischen existiert das Internat, das in den 1880er Jahren als Waisenhaus gegründet worden war, nicht mehr. Heute sind seine Häuser Teil eines exklusiven Wohnprojektes, auf dessen Internetseite steht: »Ursprünglich erdacht und erbaut von Prof. Otto Kühne (1859–1942) zur Erziehung und Charakterbildung, werden die in der Epoche des Späthistorismus gebauten und als Ensemble im August 2011 unter Denkmalschutz gestellten Häuser des ehemaligen Internatsbetriebes derzeit in ein eingefriedetes modern ausgestattetes Wohnrefugium verwandelt.«

Den Begriff der Einfriedung musste ich an dieser Stelle nachschauen und bin ein wenig enttäuscht, dass er nicht bedeutet, dass zuerst unsere Geister verjagt werden mussten, bevor die, wie es weiter auf der Seite heißt, »Familien, jungen und älteren Paare sowie Singles« dort einziehen konnten. Ich war gern auf dem Internat und hätte vermutlich, wäre ich nicht dort gelandet, noch viel mehr schulischen Ärger erlebt. Trotzdem war es nicht ohne Anstrengungen und Zumutungen, mit einem Haufen schwieriger, leichtsinniger und mit zu viel Taschengeld ausgestatteten Kids zusammenzuleben. Ich habe selbst diesen Zumutungen einiges zu verdanken, ich habe Dinge gesehen und gelernt, zu denen ich vorher keinen Zugang gehabt hatte. Nicht alles davon war positiv, aber die Augen hat es mir geöffnet.

Als ich wenige Wochen nach dem Abitur nach Atlanta flog, fühlte ich mich mehr als bereit für eine neue Phase in meinem Leben. Ich sollte dort zehn Monate ein Volontariat bei CNN machen. Mir war nicht ganz klar, wie meine Tätigkeit aussehen sollte, aber wie auf meiner Schule üblich, war auch für mich das Hauptziel, mir einen exzellenten Lebenslauf zusammenzuleben. Am ersten Tag setzte mein Chef Chuck mich ohne große Besprechungen als Bildredakteurin ein, und das blieb ich dann bis zum Schluss. Im Jahr 1999 war das Programm Flash brandneu, ich konnte gut kaschieren, dass ich keinen blassen Schimmer von der Software hatte, und arbeitete mich schnell ein. Meine erste Geschichte handelte von Ozelots im Süden der USA, aber recht bald wurde ich den Weltnachrichten zugewiesen. Das passte besser.

Ich hatte ein Zimmer in einer WG mit zwei Deutschen, die ein wenig älter als ich waren und in Hotels arbeiteten. Wir waren selten zur gleichen Zeit in der Wohnung, unser Zusammenleben fand also hauptsächlich im Lesen unserer Spuren statt. Ich war eigentlich nicht nach Atlanta gezogen, um dann mit Deutschen zusammenzuwohnen. Aber das einzige andere Zimmer, das mir angeboten wurde, befand sich in einer Zweier-WG mit einem Mann Ende zwanzig, der mir erklärte, seine vorherige Mitbewohnerin sei eine anstrengende lesbische Feministin gewesen, die auf die Waffen unter seinem Bett nicht klargekommen sei.

Er zeigte mir seinen Waffenkasten und fragte, ob auch ich damit Probleme haben würde.

Ich entschied mich also für die andere Wohngemeinschaft. Wenn ich morgens zur Arbeit fuhr, schliefen meine Mitbewohnerin und mein Mitbewohner noch, wenn ich nach Hause kam, waren sie gerade zur Arbeit aufgebrochen. Zufälligerweise arbeitete mein sehr blonder und sehr muskulöser Mitbewohner in dem Hotel im CNN-Gebäude. Wir sahen uns also häufiger an unseren Arbeitsstätten als in unserer Wohnung. Wir grüßten uns immer sehr freundlich und tranken auch ein- oder zweimal einen Kaffee an der Hotelbar, aber wir sind nicht ein einziges Mal gemeinsam hin- oder zurückgefahren. Dabei war ich die Einzige aus unserer WG, die kein Auto besaß.

Unser Wohnkomplex lag im Norden von Atlanta und war einige Kilometer von Downtown entfernt. Ich stieg jeden Morgen um halb sechs zuerst in den Bus und dann in die U-Bahn und fuhr fast eine Stunde zur Arbeit. Alle öffentlichen Verkehrsmittel der Stadt waren mit blau-gelb-orangenen Streifen versehen und der Abkürzung MARTA, die für *Metropolitan Atlanta Rapid Transit Authority* steht, aber von manchen Leuten spöttisch *Moving Africans Rapidly Through Atlanta* genannt wird. Eine solche Witzelei ist symptomatisch für eine auf rassistische Gewalt aufbauende Gesellschaft, in der *Black Lives Matter* zu einem Revolutionsruf geworden ist. Nicht überraschend also, aber dennoch beklemmend in ihrem Zynismus. Davon verstand ich damals allerdings nur einen beschämenden Bruchteil. Ich war eine westdeutsche Abiturientin, die dachte, sie würde ins fortschrittlichste und freieste Land der Welt kommen. Ich kannte die USA und deren Geschichte der Sklaverei und Segregation nur aus Büchern und Filmen und hatte die allgemeine Erzählung, dass all das in der Vergangenheit liegen würde, kritiklos übernommen: Es war längst Vergangenheit, dass versklavte Menschen vom afrikanischen Kontinent verschleppt worden waren, und Vergangenheit, dass Generationen später Schwarze noch immer so unfrei waren, dass sie noch nicht einmal dieselben Sitze wie Weiße nutzen durften. Ich musste noch lernen, dass Gewalt dieses Ausmaßes weiterwirkt, immer weiter im Kleinen und Großen, in Institutionen, Leben und auch in Witzen. Diese frivole Umdeutung von MARTA macht Schwarze Menschen einmal mehr zur objektivierten Masse, verschluckt einfach so die hart und blutig erkämpfte Bewegungsfreiheit und den noch immer anhaltenden Mangel an Gleichberechtigung und tatsächlicher Freiheit. Und sie verschluckt auch die Tatsache, dass es nicht in erster Linie Schwarze, sondern arme Menschen sind, die in der MARTA sitzen. In einer Stadt mit über fünfzig Prozent afroamerikanischen Menschen, von denen fünfunddreißig Prozent unter der Armutsgrenze leben, ist es nicht verwunderlich, dass es sich dabei um sehr viele Schwarze handelt. Was ich in Atlanta vor allem sah, war Armut. Was ich nicht sah, was jedoch hinter der Armut steckt, war das Fortwirken der Gewalt.

Wie eine Touristin schwamm ich im Strom des Pendelverkehrs mit und fühlte mich ganz schön hart und erwachsen. Hin und wieder aber bemerkte ich, dass ich mich noch immer in einem Kokon befand. Zum Beispiel, als eine alte Schwarze Frau, die stark geschminkt und sehr bunt gekleidet war, sich in der Bahn hinter mich setzte und mir ins Ohr rülpste, weil ich ihr zuvor kein Kleingeld gegeben hatte. Oder wenn der Bus an einer Kirche vorbeifuhr und die lateinamerikanischen Frauen, die im hinteren Teil des Busses saßen, sich alle zeitgleich bekreuzigten. Erst durch diese gemeinsame Handbewegung nahm ich sie wahr und machte sie ebenso wie die verärgert rülpsende Frau zu einer Anekdote, die ich am Telefon erzählen konnte.

Weil ich vor Ort kaum jemanden zum Reden hatte, telefonierte ich stundenlang mit meiner Freundin Anna, mit der ich mir im Geschichtsunterricht immer Zettelchen hin und her geschrieben hatte und die nun in Brüssel ihre eigene Version der Coming-of-Age-Wirren durchlebte. Wir lachten über die schrägen Dinge, die uns widerfuhren, vertrauten einander unsere Unsicherheiten und Ängste an und hielten uns auf dem Laufenden über unsere Schulkamerad*innen. Es kam mir seltsam vor, wie viele von ihnen den Eltern nacheiferten und sich in vorgezeichnete Wege fügten, als gäbe es im Leben nur die Wahl zwischen Medizin, Jura oder BWL. Bei manchen war bereits im Vorfeld klar gewesen, dass sie in die Firmen und Praxen ihrer Eltern einsteigen würden, aber bei anderen war das Tempo ihrer Verwandlung gruselig. Wie konnte es sein, dass selbst mein bester Freund, der Drummer in einer Thrashmetal-Band gewesen war, innerhalb kürzester Zeit wie ausgewechselt schien? Er hatte den konservativen und autoritären Vater so sehr abgelehnt, immer gesagt, er wolle niemals werden wie er. Jetzt hatte er seine langen Haare abgeschnitten und sich wie alle in seiner Familie für das Medizinstudium entschieden, gegen das er sich als Schüler noch vehement gewehrt hatte. Mir kam es vor, als seien die meisten von uns mit dem Abi von einer Bühne getreten, als sei das bisschen Eigensinn, das wir uns erlaubt hatten, nur ein Schauspiel der Behüteten gewesen. Zugegebenermaßen war auch ich recht behütet und privilegiert, wie sonst hätte ich als Abiturientin ein unbezahltes Volontariat in den USA machen können? Ohne die finanzielle Unterstützung meiner Mutter und meines Stiefvaters, die auch meine horrenden Telefonrechnungen übernahmen, wäre mir das alles überhaupt nicht möglich gewesen. Aber ich glaube, ich saß vor allem auch so klein und orientierungslos in dieser Metropole, die ich mir doch eigentlich ausgesucht hatte, um als Erwachsene in die Welt zu treten, weil mir die vorgezeichneten Wege fehlten. Ich wusste nicht so recht, was danach kommen würde, weil es mir nicht vorgelebt worden war.

In Atlanta wurde ich mit der Zeit zumindest zu einem Teil des Stroms, erkannte Mitreisende und Busfahrer wieder. Ich lernte, hinzusehen und menschliche Regungen wertzuschätzen. Einer der Fahrer schien sich über mich zu freuen, jedes Mal wenn ich frühmorgens bei ihm einstieg. Er ließ mich immer wissen, wenn ich zu müde aussah. *»You look like ya need more sleep, kid«*, sagte er dann. In der Woche, in der ein Sturm die Stromversorgung halb Atlantas gekappt hatte, schauten wir einander mitleidig an. Ich hatte so etwas niemals für möglich gehalten, tagelang kein Strom im vermeintlich fortschrittlichsten Land der Welt. Plötzlich kam mir Deutschland weniger piefig und altmodisch vor, ein Gedanke, den ich als unangenehm empfand, weil er einen Aspekt des Erwachsenwerdens andeutete, dem ich mich unbedingt verwehren wollte: der motzigen Bequemlichkeit, die alles Vertraute besser findet und das eigene Unvermögen, sich offen zu zeigen und beweglich zu bleiben, mit einer Unzulänglichkeit der anderen verwechselte.

Ich hatte mich für ein anderes Land entschieden, um zu lernen, und nicht, um noch deutscher zu werden. Aber ich glaube, dass ich tatsächlich erst in diesen Monaten im Süden der USA bemerkte, wie sehr mich das Aufwachsen in Deutschland geprägt hatte: *Saw things, saw things, saw things, saw things, clearer, clearer, once you were in my rearview-mirror* schrie Eddie Vedder in einem meiner Lieblingslieder von Pearl Jam, das ich manchmal auf dem Arbeitsweg auf meinem MiniDiscman hörte.

In den USA war ich gemäß dem amerikanischen Traum plötzlich ausschließlich ein Teil des Landes, in dem ich lebte, mein Anderssein spielte nur in Deutschland eine

Rolle. Zum Glück ging ich nie so weit, in diesen Ort mit etwa 500 Einwohner*innen zu reisen, der eineinhalb Stunden nördlich von Atlanta liegt und ein pittoreskes Museum des alpinen Deutschlands sein soll. Nostalgisch nachspüren wollte ich dem Deutschsein nicht, obwohl mir dieser Ausflug nach Helen immer wieder empfohlen wurde.

Die Auszeit, nach der ich mich gesehnt hatte, war ein bisschen anders, als ich sie mir ausgemalt hatte. Ich war in einem mir fremden Land, weg von allen Routinen und Kontrollen, aber eine richtige Angestellte mit vollen Arbeitstagen und Verpflichtungen, auch wenn mir für das Volontariat kein Gehalt gezahlt wurde. Und obwohl ich mit der Hochschulreife in gewisser Weise ins Erwachsensein entlassen worden war, durfte ich in Atlanta einiges nicht, das mir in Deutschland erlaubt gewesen wäre, etwa Alkohol trinken und mich in Bars aufhalten. Das erschwerte es mir, die wenigen Freundschaften, die ich bei der Arbeit schloss, zu vertiefen. Ich war also viel alleine, vor allem an jenen Wochenenden, an denen ich nicht arbeitete.

Nach den Jahren im trubeligen Internat musste ich erst lernen, meine Gedanken auszuhalten, während ich alleine dasaß und aß. Ich schaute viel HBO und versuchte, so viel Zeit wie möglich außerhalb meiner Wohnung zu verbringen. Spaziergänge waren nicht so leicht, weil es stellenweise keine Fußwege gab, und die bekanntesten Museen hatte ich auch bald durch: den Martin Luther King Jr. National Historical Park, das Haus von Margaret Mitchell, die Coca-Cola-Welt und das Kunstmuseum, das, soweit ich mich erinnere, die gesamte Zeit meines Aufenthalts eine Ausstellung mit europäischen Impressionisten zeigte, die für deutsche Abiturient*innen wohl vertrauteste Kunstrichtung.

Im Nachhinein hadere ich damit, nicht genügend Reife und Geistesgegenwart gehabt zu haben, um die Komplexität der Stadt zu erkennen. Hier waren *Vom Winde verweht* und seine romantischen Verklärungen des vermeintlich heroischen Südens entstanden. Hier war einer der bedeutendsten Schwarzen Freiheitskämpfer zur Welt gekommen.

Aber ich war zu sehr mit meiner eigenen Komplexität beschäftigt beziehungsweise damit, ihr aus dem Weg zu gehen. Die meisten freien Tage verbrachte ich im Barnes & Noble, an den ein Starbucks angeschlossen war. Damals gab es die Kette noch nicht in Deutschland. Mich beeindruckte die Möglichkeit, ein Getränk bis ins Detail personalisieren und dann auch noch mit in die Buchhandlung nehmen zu können. Weil ich noch nie für Lohn gearbeitet hatte, fehlte mir außerdem ein realistischer Bezug zu Geld, weshalb ich nicht verstand, wie überteuert dieser Kaffee im Pappbecher war. Ich saß also stundenlang zwischen den Bücherregalen, trank Kaffee und las Tolstoi und Dostojewski, Robert Graves und Sylvia Plath.

Wenn ich nicht in der Buchhandlung herumlungerte, pendelte ich zwischen den beiden Malls, dem Lenox Plaza und dem etwas exklusiveren Phipps Plaza, die beide auf der Peachtree Road lagen. Ich fuhr mittags mit dem Bus hin und verließ die Malls meistens erst wieder, wenn es dunkel wurde. Ich wollte ständig Sachen kaufen und konsumieren. Ich lief durch alle Geschäfte, probierte Klamotten an, begutachtete Kram, unterhielt mich mit den Verkäufer*innen über ihre Produkte. Manchmal ließ ich mich bei MAC schminken oder saß auf den Bänken vor den Läden herum und las. Ich aß im Food Court nicht sehr gesundes Essen und schaute mir im AMC Multiplex fast jeden Film an, der gezeigt wurde. Ich versuchte, nicht einsam zu wirken und mich vor allem auch nicht einsam zu fühlen. Es gelang mir oft nicht.

Glücklicherweise lernte ich ein paar Menschen kennen, die mich davor bewahrten, meine gesamte Zeit in den Malls zu verplempern. Bei der Geburtstagsfeier meines Mitbewohners traf ich Bryan, der so wie ich einer der wenigen dort war, die nichts mit Hotels zu tun hatten. Er sagte mir, er sei Polizist, aber später kriegte ich mit, dass er irgendwo als Wachmann arbeitete. Er war aus Kamerun und lebte mit anderen Kamerunern in einer Wohngemeinschaft bei uns um die Ecke. Ich glaube, mein Mitbewohner hatte ihn im Fitnessstudio kennengelernt. Wir trafen uns noch ein paarmal, nachdem er mir eine Karte mit rosa-gelben Bärchen in den Briefkasten geworfen hatte, auf der stand: *Sugar brown, I miss you. Will you take a walk with me?* Als wir auf einer Bank in der Parkanlage unseres Wohngebiets saßen, nahm er meine Hand in seine und sagte: *»Look at these soft hands, they haven't worked a single day in their life.«* Ich war sofort unglaublich beleidigt und erwiderte, dass ich natürlich wüsste, was Arbeit sei, ich hätte in meinem Leben schon sehr viel und sehr hart gearbeitet. Er blickte mich nicht ohne Zärtlichkeit an und lachte: *»Sure you have, sugar brown.«* Danach suchte ich eine Ausrede, um mich nicht mehr mit ihm zu treffen. Ich wollte damals noch nicht hören, was er mir hätte sagen können. Aber er hatte natürlich recht. Die einzige Arbeit, die ich damals kannte, war eine, die mir etwas zurückgab. Ich durfte an ihr wachsen, dazulernen, mich ausprobieren. Weder mein Kopf noch mein Körper wurden ausgebeutet, ich musste nicht schuften, mich nicht hergeben für etwas, das mir täglich Energie raubte und mir kaum mehr zurückgab, als ich zum Überleben brauchte. Ich hatte Arbeit nur als etwas kennengelernt, das mir Wert verlieh und mich mit der Welt verband. Die unsichtbare, als unwürdig betrachtete Arbeit, auf die alles aufbaut, ohne dass sie honoriert oder angemessen entlohnt würde, war mir fremd.

Die meiste Zeit in Atlanta verbrachte ich mit Jennifer, die den gleichen Job wie ich bei CNN machte. Sie nahm mich zu mehreren Eishockeyspielen mit und besorgte uns Bier und koschere Hot Dogs. An meinem einundzwanzigsten Geburtstag lud sie mich in ein amerikanisches Diner ein, wo ich mich mit Strawberry Daiquiris zum ersten Mal in den USA betrank. Jennifer kam aus einer jüdischen Familie und fragte mich ganz am Anfang über die Verbreitung und Aufarbeitung nationalsozialistischer und antisemitischer Gesinnungen in Deutschland aus. Für sie stellte sich die Frage gar nicht, ob ich eine »richtige« Deutsche sei oder nicht. Das war für mich das erste Mal, dass mir jemand auf diese Weise begegnete – ich musste mein Deutschsein nicht nur nicht beweisen, sondern dafür geradestehen.

Eine andere wichtige Freundschaft schloss ich mit Jeremy, der zum Tech-Support bei CNN gehörte. In den ersten Tagen sahen wir uns oft, weil er mir meine Arbeitsstation mit allen Programmen und Passwörtern einrichten musste. Ich war sofort völlig verknallt. Zum ersten Mal im Leben fragte ich einen Mann, ob er sich mit mir treffen wolle. Er ignorierte mich ein paar Tage, lud mich aber dann auf einen Kaffee unten im CNN-Foyer ein. Beim ersten Treffen erfuhr ich, dass seine Familie aus Jamaika kam, er fünfundzwanzig Jahre alt und seit drei Jahren verheiratet war. Er interessierte sich für deutsches Bier, schaute gern europäischen Fußball, las gern Bücher und wusste sehr viel über die lokale Hip-Hop-Szene. Er lachte viel über mich und fragte, ob wir bald wieder eine gemeinsame Mittagspause machen würden. Von da an trafen wir uns immer häufiger, erst wöchentlich, dann täglich. Wir tranken meist große Milchkaffees mit Himbeersirup bei Starbucks und gingen dann um den Block spazieren. Bei ihm konnte ich mich über den Redakteur beschweren, der mich ständig mit kleinlichen Korrekturen meiner Bildunterschriften quälte, und Jeremy machte sich Luft, weil ihn schon wieder jemand für die eigene technische Unfähigkeit verantwortlich gemacht hatte. Wir redeten über unsere Arbeit und unsere Familien, über Filme und Bücher. Ich fühlte mich in seiner Gegenwart wieder wie die Person, die ich in Deutschland gewesen war.

Irgendwann erzählte ich einer Kollegin, mit der ich mich gut verstand, von meinen Treffen mit Jeremy. Sie kannte die Namen der Jungs vom Tech-Support nicht und fragte sie alle einzeln ab: War es der mit den geschorenen Haaren? Der mit der roten Brille? Etwa der Alte mit den karierten Hemden? Ich lachte laut und konnte gar nicht glauben, dass sie alle außer Jeremy genannt hatte. Ihre Reaktion, als sie endlich verstand, dass es sich um den einzigen Schwarzen beim Tech-Support handelte, überraschte und überforderte mich. »Oh«, sagte sie und danach nichts mehr, während sie versuchte, weiter zu lächeln. Auf dem Heimweg erst traf es mich, wie segregiert das Leben in Atlanta war, wie sehr die alten Grenzen noch immer Bestand hatten. Offenen Rassismus gegen Schwarze hatte ich zwar nicht wahrgenommen, aber er schwang, dies wurde mir in diesem Moment klar, immer und überall mit. Für Unbedarfte wie mich gab es aber ausreichend Möglichkeiten, ignorant zu bleiben. Gelegentlich kollabierte mein Privileg der Ignoranz, dann war es, als knallte ich gegen etwas, das eine Sekunde vorher ganz bestimmt noch nicht im Raum gewesen war.

In einem dieser Momente lief ich, im übertragenen Sinne, gegen die Weihnachtsbäume, die im CNN-Gebäude aufgestellt wurden. In der Haupthalle, die für Besucher*innen und Tourist*innen geöffnet war – was sich meines Wissens nach dem 11. September 2001 geändert hat –, befand sich ein meterhohes, klassisch geschmücktes Exemplar mit Kugeln und Schleifen. Lief man aber durch die Flure, begegneten einem an den Eingängen zu den unterschiedlichen Redaktionen kleinere Tannen, die ungewöhnlicheren Baumschmuck trugen. Vor der Sportredaktion stand einer mit Davidsternen, die ich aus Deutschland wirklich nur aus einem einzigen Kontext kannte, nämlich dem Geschichtsunterricht über den Holocaust. Ich habe seitdem ein paar jüdische Freund*innen dazu befragt, und ihre Bewertungen lagen so weit auseinander, wie sie es eben tun, wenn unterschiedliche Individuen sich äußern. Aber so befremdlich wie ich fanden sie es allesamt nicht, was mich denken lässt, dass mein Unbehagen etwas mit meinem nicht jüdischen, deutschen Blick zu tun hat. Für sie ist der Davidstern ein viel facettenreicheres Symbol als für mich, die es vor allem als Marker der Ausgrenzung kennt.

Der andere Baum, der so grotesk auf mich wirkte, kann natürlich ebenfalls als harmlose Variante des US-amerikanischen Konsumkitsches gesehen werden. Mich brachte der Anblick dieser kleinen, bunt gekleideten Figuren, die dem zeitgleich stattfindenden Fest *Kwanzaa* gewidmet waren, erst recht aus der Fassung. Ich hatte noch nie von dem Fest gehört, obwohl es bereits seit den sechziger Jahren in den USA gefeiert wird. Ins Leben gerufen hat es der heute noch lebende Black-Power-Aktivist und Akademiker Maulana Karenga. Er ließ sich von ostafrikanischen Erntedankfesten inspirieren, um den Stolz auf die eigene Herkunft und die panafrikanische Idee in der Diaspora zu stärken. Er wählte bewusst die für Christen so wichtige Weihnachtszeit, die nicht nur für Nächstenliebe und Besinnlichkeit steht, sondern auch als Zeichen der Dominanz der Weißen gelesen werden kann. Es gäbe so viel darüber zu schreiben, über dieses Fest, das ich tatsächlich sehr liebe. Aber reicht es nicht, sich bewusst zu machen, dass nicht nur Jesus als weißer Mitteleuropäer präsentiert wird, sondern auch die Darstellung der einzigen Schwarzen Person des Krippenspiels jedes Jahr aufs Neue zu der respektlosen und abwertenden Praxis des Blackfacing führt? Die Geschichten, die Rituale, sogar die Gewürze und auch die Kommerzialisierung dessen, was so viele heute als das Fundament der abendländischen Kultur bezeichnen, all dem ist Unterdrücktes und Ungesühntes eingeschrieben.

Beim Anblick dieses zweiten Baumes und der menschlichen Figuren musste ich sofort an einen Song denken, den ich kannte, weil mein Stiefvater die Platten von Billie Holiday gern spielte, »Strange Fruit«:

Black bodies swinging in the southern breeze
Strange fruit hanging from the poplar trees

Ich hätte gedacht, die Brutalität, Schwarze Körper in Bäume zu hängen, wäre offensichtlich. Ebenso wie die Absurdität, ein christliches Fest mit den Symbolen jener zu kombinieren, die man auch als Christen verfolgt und ermordet hat. Seitdem weiß ich, dass nichts offensichtlich ist, sobald man mit dem hegemonialen Blick darauf schaut. Ich versuchte, mit einem Kollegen darüber zu sprechen, aber er zeigte mir sehr schnell mit dem Finger vor seinem Mund an, besser nicht auf diese Weise darüber zu reden. Bis heute weiß ich nicht, ob er mich oder die anderen im Büro schützen wollte.

Diese zugleich naive und gewaltvolle Auffassung von Diversität ist mir inzwischen oft begegnet: Vielfalt als Kosmetik, als Deko, als Performance. Die einen fühlen sich dadurch wohl, den anderen wird angezeigt, dass sie sich wohlzufühlen haben. Ich weiß, dass viele darauf Wert legen, dass sie es als notwendiges Zeichen betrachten. »Besser als gar nichts«, sagte ein Freund zu mir. Aber das besinnliche, schöne Abendland verdient den Schlaf der Gerechten nicht. Die hübschen symbolischen Demonstrationen reichen nicht aus, wenn sie sich nicht in der Realität niederschlagen, da, wo es zählt.

In Atlanta bin ich immer wieder gegen etwas gelaufen, das gerade eben noch nicht da war. Und seither passiert mir das immer wieder. Ich glaube, es geht gar nicht ums Erwachsenwerden, sondern darum aufzuwachen – nicht in einem einzelnen Moment, sondern als anhaltender Prozess. Bei mir hat es recht lange gedauert, bis er losging, was auch daran liegt, dass mir die Vorbilder und vertrauten Erzählungen fehlten. Heute sieht es in der deutschen Öffentlichkeit schon ein bisschen besser aus, auch wenn Marginalisierte noch immer vor allem über ihre Marginalisierung sprechen dürfen. Aber wenn ich jene Menschen sehe, die zehn oder fünfzehn Jahre jünger sind als ich und beispielsweise bei Protesten von Fridays for Future, Black Lives Matter, unteilbar oder der Migrantifa mitlaufen und sie mit organisieren, dann bin ich voller Bewunderung für ihr Verantwortungsbewusstsein und ihr tiefes Verständnis gesellschaftlicher Zusammenhänge. Sie verstehen, dass man das System und nicht die einzelnen Menschen verändern muss, sie sprechen von Kapitalismus und Arbeit, von Klima und Nachhaltigkeit, von Rassismus und Diskriminierung und tun das auf eine Weise, zu der ich in ihrem Alter nicht fähig war. In ihrem Zusammenhalt und Widerstand liegt für mich eine Hoffnung. Sie erschweren es, die eigene Ignoranz aufrechtzuerhalten. Aus diesem Grund wächst auch die Gegenwehr durch all jene, die jede Vision einer gerechteren Gesellschaft im Keim ersticken möchten. Zumindest hab ich den Finger nun endlich vom Mund genommen, ich möchte nämlich, dass das Abendland aufwacht.

SPAZIERGANG DURCH DIE GRÜNE STADT

Der Begriff des Fortschritts ist in der Idee
der Katastrophe zu fundieren.
Daß es »so weiter« geht, ist die Katastrophe.

Walter Benjamin

Als ich noch im Prenzlauer Berg lebte, ging ich täglich durch Straßen, deren Namen mir nichts sagten. Sie lagen auf dem Weg zur Kita meines Sohnes, für den ich unterwegs immer ein Croissant kaufte, das er dann im Kinderwagen aß. Wenn ich zu sehr hetzte, weil wir spät dran waren, tobte oder jammerte er – je nach Gemütslage. Es war wichtig, dass ich in eine der Bäckereien bei uns um die Ecke ging, weil seine Kita weiter weg in einem reinen Wohnviertel lag. Es heißt Grüne Stadt, weil seine Wohnblöcke von bepflanzten Bereichen umgeben sind. Auf den Wiesen der Innenhöfe findet man Spielplätze und Wäschestangen, manche Erdgeschosswohnungen haben Vorgärten. Es ist eine ruhige Siedlung mit wesentlich mehr Rentner*innen und Hartz-IV-Empfänger*innen als im restlichen Bezirk.

Ich versuchte, uns durch unterschiedliche Routen ein wenig Abwechslung zu bieten. So lernte ich bald alle Namen auf den Straßenschildern des Viertels kennen: Olga Benario-Prestes. Heinz Kapelle. Werner Kube. Hans Otto. Anton Saefkow. John Schehr. Eugen Schönhaar. Rudolf

Schwarz. Margarete Walter. Allesamt antifaschistische Widerstandskämpfer*innen, an die diese Straßennamen erinnern.

Meine Wege durch die Grüne Stadt bedeuteten auch, dass ich wieder Stunden nur für mich hatte. Ich konnte über meine Zeit verfügen, nachdem ich meinen Sohn in die Kita gebracht hatte. Die Trennung von ihm war ungewohnt, ein bisschen unheimlich sogar. Es war wie ein Geheimnis. Ich hatte ein Kind, aber niemand wusste davon, wusste, dass ich zwei Versionen in mir trug, mein Davor und mein Danach und in der Mitte dieses neue Lebewesen. Ich wollte sie zusammenbringen, diese Versionen, die Sammlerin von Wissen und die Hüterin eines Kinderlebens. Also suchte ich im Internet nach den Straßennamen, sammelte Wissen über etwas an, dem ich täglich begegnete, weil ich dieses Kind hatte.

Der Ostberliner Magistrat hatte die Straßen der Grünen Stadt um 1974 umbenannt. Davor hatten sie Namen preußischer Gebiete getragen, die seit dem Ende des Zweiten Weltkriegs zu Polen gehörten. Das schien in der DDR nicht mehr angemessen.

Hatten wir unterwegs genug Zeit, wählte ich den Umweg vorbei am Ernst-Thälmann-Park. Von Thälmann wusste ich, weil er mir im Laufe der Recherchen für meine Diplomarbeit begegnet war. Wer und was er vor seiner Inhaftierung gewesen war, wusste ich nicht. Er war eben einer der etwa 56 000 Menschen, die in Buchenwald ermordet wurden. Wie er zu Tode kam, ist nicht geklärt. Vermutlich wurde er in Buchenwald erschossen. Die auf dem Gelände des Konzentrationslagers stehende Goethe-Eiche überlebte ihn jedenfalls bloß um wenige Tage oder Stunden. Sie stand zwar ungünstig, doch als im Sommer 1937 Häftlinge die Buchen auf dem Ettersberg hatten fällen müssen, um Platz für Lagerbaracken zu schaffen, war sie verschont worden. Sie galt als wichtiges Denkmal, Goethe hatte in ihrem Schatten sitzend geschrieben und vielleicht auch hin und wieder die Hand von Charlotte von Stein gehalten. Manche berichten davon, dass Häftlinge an der Goethe-Eiche aufgehängt wurden – zur Strafe und zum Tode. Sie brannte am 24. August 1944 nieder, als US-amerikanische Bomben auf das Lager fielen. Heute kann man in der Gedenkstätte noch ihren Stumpf sehen. Die Eiche war das Einzige, das an diesem Ort am Leben bleiben sollte. Eine Stellvertreterin für eine reine, eine bereinigte Kultur. Nun ist sie ein Denkmal für den tödlichen Geist, der hinter solch einer Vorstellung lauert. Überlebt haben Buchenwald unter anderem Jean Améry, Imre Kertész, Jorge Semprún und Elie Wiesel. Sie schrieben in den folgenden Jahrzehnten gegen diese bereinigte Kultur an, schrieben sich in die lebende Kultur hinein.

Ich dachte lange, dass in Buchenwald ausschließlich Männer inhaftiert waren. So sah ich es in den Filmen, so las ich es in den Büchern. Und so belegen es auch die Namen der später berühmt gewordenen Überlebenden. Es sind die Namen von Männern. Doch in den Außenlagern Buchenwalds gab es fast 27000 Frauen. Sie wurden als Zwangsarbeiterinnen eingesetzt, in erster Linie für die deutsche Rüstungsindustrie. Auf dem Gelände Buchenwalds gab es auch ein Bordell. Die dort zur Prostitution gezwungenen Frauen kamen meist aus anderen Frauenlagern. Nicht alle Namen der Frauen von Buchenwald sind bekannt, vielleicht werden wir sie nie erfahren. Man kann ihrer nur dadurch gedenken, dass man das Wissen wachhält, wie die Nazis ihnen das Leben und den Tod gestohlen haben.

An Ernst Thälmanns Leben kann man sich leichter erinnern. Für ihn stellte man Denkmäler auf, eines davon auf dem Buchenwaldplatz in Weimar, ein anderes wurde vier Jahre vor dem Fall der Mauer an der Greifswalder Straße in Berlin errichtet. Mein Sohn mochte es so sehr, dass ich jedes Mal mit ihm davor anhalten musste. Es ist ein sehr imposantes Denkmal. Die tonnenschwere bronzene Büste Thälmanns steht auf einem Granitsockel, sein Blick ist in die Ferne gerichtet, seine Faust zum Gruß erhoben. Hinter ihm weht die Fahne der Arbeiter. Mich amüsiert, wie gut mir diese Heroik gefällt, dieses Bild des Märtyrers. Die Bewunderung für den leidenden und sich für ein Ideal opfernden Mann steckt tief in mir. Ich muss mich schon bewusst dagegen wehren, denn meine erste Reaktion ist, mich ihm anschließen zu wollen. Das bedeutet vermutlich, dass es ein gelungenes Denkmal ist.

Es stammt vom sowjetischen Bildhauer Lew Kerbel, der auch das Karl-Marx-Monument von Chemnitz geschaffen hat. Dieses kenne ich erst seit August 2018, als es immer wieder in den Nachrichten gezeigt wurde. Ein übergroßer Marx-Kopf, davor Menschenmassen mit Deutschlandfahnen und Plakaten: »Kein Zutritt für Terror«, »Merkel, fahr zur Hölle«. Man sah diese Bilder und fing an zu diskutieren, ob man diese Menschen Nazis oder Rechtsradikale nennen dürfe, ob man mit ihnen reden solle oder nicht und ob man ihre Sorgen oder die von ihnen ausgehende Bedrohung ernster nehmen müsse. Da standen sie, all diese Menschen, versammelt vor einem Monument, das ein Jude für den Denker erschuf, der unter anderem geschrieben hatte: »Sie wissen es nicht. Aber sie tun es.« Viele Männer in schwarzer Kleidung, viele Deutschlandfahnen, viele wutverzerrte Gesichter. Menschen als kohärente Masse. Mich gruselte es. Für mich zeigte sich in diesen Bildern eine nicht enden wollende Grausamkeit des Menschen. Warum wird sie oft erst im Rückblick ernst genommen? Dann, wenn das Zerschlagene nicht mehr zusammengefügt werden kann?

Offensichtlich werden wir durch die Namen auf unseren Straßenschildern und durch die Denkmäler auf unseren

Plätzen keine bessere Gesellschaft. Die mahnenden Appelle, das »Nie wieder!« – sie sollen vermitteln, dass wir aus der Geschichte gelernt haben. Aber ich glaube nicht mehr daran. Ich habe viele Jahre zur Erinnerung an den Holocaust geforscht und mir dabei ständig die Frage gestellt, wie die Vergangenheit in die Gegenwart hineinwirkt. Wir sehen meistens nur ihre Grandiosität und Bestialität. Doch um aus Geschichte zu lernen, müssten wir sie von dem Moment an sehen, wo ein Mensch noch ein Mensch und ein Gedanke noch ein Gedanke war. Zeiten sind nicht so anders, weil Menschen nicht so anders sind.

Als ich 2013 mit meinem Kind durch die Grüne Stadt lief, glaubte ich noch an die Kraft des »Nie wieder!«. Damals, als die AfD noch nicht im Bundestag saß und ich hoffte, der NSU-Prozess würde eine ernsthafte Auseinandersetzung mit Rassismus in Deutschland bewirken. Auf seltsame Art und Weise war ich mir der Kontinuität der Geschichte nicht bewusst. Dabei kann man sie überall finden, man muss immer näher hinschauen.

Mein Hinschauen begann, als ich eines Morgens rote Rosen an den Straßenschildern der Grünen Stadt hängen sah. Eine einzelne Rose erst. Ich dachte, es sei eine öffentliche Liebesbotschaft. Oder war an diesem Ort jemand verunglückt? War ich die einzige Neugierige? Jemand hatte die Rosen zusammen mit Informationszetteln über die Widerstandskämpfer*innen angebracht. Auf den Zetteln war ein Logo zu sehen, das an die blau-weiß gestreiften KZ-Häftlingsuniformen mit dem roten Winkel für politische Gefangene erinnerte. Ich nahm einen Zettel mit und googelte den darauf genannten Verein mit dem angemessen komplexen Namen *Berliner Vereinigung der Verfolgten des Naziregimes – Bund der Antifaschistinnen und Antifaschisten.* Ich schrieb eine Mail, in der ich mich als Autorin präsentierte. Ich erhielt eine Antwort. Darin stand: »Es bewegt mich zu erleben, wie Sie sich mit der Geschichte des Landes, das Ihnen zur Heimat geworden ist, auseinandersetzen. Und es zeigt, welchen tiefen Sinn es hat, dass die Straßen nach antifaschistischen Widerstandskämpfern benannt sind und dass wir anlässlich von Jubiläen der Namensgeber die Aufmerksamkeit darauf zu richten bemüht sind. Gern helfen wir Ihnen, mehr zu erfahren.«

Auch ich war gerührt. Und ich war überrascht, dass ich mit meiner Nachricht ernst genommen wurde. Ich wollte mehr erfahren, fühlte mich aber zugleich eingeschüchtert, weil mir bewusst wurde, wie wenig ich mit der Geschichte zu tun hatte, die man anhand der Straßennamen der Grünen Stadt aufdecken konnte. Die Menschen des Vereins waren größtenteils Überlebende oder Familienmitglieder von Überlebenden und außerdem aus Berlin. Die Bezirksorganisation Prenzlauer Berg wurde von einem damals Achtundachtzigjährigen geleitet, der anders als ich zur Zeit des Nationalsozialismus und des Widerstands gegen ihn gelebt hatte. Ja, mich beschäftigte diese Geschichte, mit der ich biographisch nicht verbunden bin. Aber ich war mir nicht sicher, ob dieses Land wirklich zu meiner Heimat geworden war, wie es in der ersten Mail des Verbands an mich geheißen hatte.

Mit Jahrzehnten Abstand ist es leicht, eine Handvoll mutiger Toter zu würdigen oder die toten Verbrecher zu verdammen, insbesondere, wenn man nicht nach ihrer Zwiespältigkeit fragt und damit auch die eigene Zwiespältigkeit ignoriert. Die Eckdaten sind ja schnell wiedergegeben:

Olga Benario-Prestes, Kommunistische Internationale, vergast in der Tötungsanstalt Bernburg am 23. April 1942 im Alter von 34 Jahren.

Heinz Kapelle, Kommunistischer Jugendverband Deutschlands, Hinrichtung durch Erschießung am 1. Juli 1941 im Alter von 28 Jahren.

Werner Kube, Wehrmachtssoldat im besetzten Teil der Sowjetunion, Hinrichtung durch Erschießung aufgrund Unterstützung Kriegsgefangener am 20. April 1945, im Alter von 22 Jahren.

Hans Otto, Schauspieler und KPD-Mitglied, Tod nach Sturz aus dem dritten Stock der NSDAP-Gauleitung in der Voßstraße 11 am 24. November 1933 im Alter von 33 Jahren.

Anton Saefkow, KPD-Funktionär, Hinrichtung durch Fallbeil auf dem Gelände der heutigen Justizvollzugsanstalt Brandenburg an der Havel am 18. September 1944 im Alter von 41 Jahren.

John Schehr, KPD-Vorsitzender, Hinrichtung durch Erschießung in der Nacht vom 1. zum 2. Februar 1934 im Alter von 38 Jahren zusammen mit den KPD-Mitgliedern *Eugen Schönhaar* (36 Jahre), *Rudolf Schwarz* (30 Jahre) und Erich Steinfurth (38 Jahre), dem nicht in der Grünen Stadt, sondern am Berliner Ostbahnhof eine Straße gewidmet ist.

Margarete Walter, Tod nach Folter und anschließendem Sturz aus dem dritten Stock der Gestapo-Zentrale in der Prinz-Albrecht-Straße 8 am 21. Oktober 1935 im Alter von 22 Jahren.

Namen und Daten aus Millionen zerschlagener Leben. Über manche wissen wir mehr, über andere weniger. Fast alles, was diese Leben ausmachte, ist in den Falten der Geschichte verschwunden. So problemlos die Namen und Zahlen aufzulisten sind, so schwer ist es, den Menschen, zu denen sie gehören, gerecht zu werden. Die Angaben sagen nichts über sie, sondern nur, was die Nazis aus ihnen machten. Gleichzeitig ist es nicht ihr Tod, für den ihnen eine Straße gewidmet wurde, sondern ihr Leben. Es wird an sie erinnert, weil sie etwas Außergewöhnliches repräsentieren, das heute noch wichtig erscheint. Vermutlich aber wird an sie wiederum etwas weniger als an manche andere erinnert, weil sie einer Überzeugung wegen getötet wurden, mit deren totalitären Folgen wir heute hadern. Aber davon wussten viele von ihnen nichts. Leben wurden gelebt, Gedanken gedacht, Kämpfe gefochten. Die Gegenwart macht daraus, was ihr dient, weil immer noch mehr Leben gelebt, mehr Gedanken gedacht und mehr Kämpfe gefochten werden müssen. Leben nach Leben nach Leben.

Eines dieser Leben gehörte also Olga Benario. Die ihr gewidmete Straße geht von der Greifswalder Straße ab und führt durch einen mit Wappen verzierten Bogen zu den Blöcken 55 und 56 der Grünen Stadt. Die elf Wappen sind weinrot und stellen Werkzeuge und Gewächse dar: ein Schwert mit einer Schere, ein Schraubenzieher mit Hammer, ein über einem Emblem schwebender Vogel, eine geometrische Blume, ein Dreieck, das aussieht wie ein gehendes Männchen. Über den beiden Seitendurchgängen befindet sich ebenfalls jeweils ein Wappen. Ein Anker mit Herz und noch mehr Hämmer. Worauf diese Abbildungen hinweisen sollen, ist mir ein Rätsel. Sie verleihen dem Durchgang etwas Ungewöhnliches. Man schreitet von der vielbefahrenen Hauptstraße hinein in eine ruhige Wohngegend. In nur drei Schritten ist man woanders. Zuerst hat mich dieser ungewöhnliche Durchgang neugierig gemacht. Dann war da der Name: Olga. Benario. Prestes.

Wenn ich meinen eigenen Namen nenne, höre ich oft, dass er nicht deutsch sei. Zum Beispiel, wenn ich mich jemandem vorstelle. Manchmal habe ich die Kraft, überrascht zu tun und zu sagen: »Doch, doch, das ist ein deutscher Name.« Dann lächle ich. Andere Male lächle ich bloß und schweige.

Zum Beispiel, als ich den älteren Herrn mit den beiden dürren schwarzen Pudeln kennenlernte, der im Erdgeschoss des Blocks gegenüber der Kita wohnte. Er war sehr verärgert, als wir uns zum ersten Mal trafen, ich wollte ihn mit meinen Spitzfindigkeiten also nicht noch mehr provozieren. Er hatte sein Fenster aufgerissen und fing an zu schimpfen, weil mein Sohn in das Beet gestapft war, das er unter seinem Fenster angelegt hatte. Darin wuchsen Erdbeeren, die mein Sohn unbedingt pflücken wollte. Ich hatte zu langsam reagiert, um ihn davon abzuhalten. Im ersten Moment wollte ich zurückschimpfen, schließlich handelte es sich um ein Kind, dem man ruhig ein oder zwei Erdbeeren gönnen konnte. Aber dann lächelte ich entschuldigend und stellte mich vor. Er fand meinen Namen ungewöhnlich, ich lächelte noch ein bisschen mehr. Es hätte eine Feindschaft daraus werden können. Von da an hätten wir jedes Mal, wenn wir uns begegneten, mit zusammengekniffenen Augen und spitzen Mündern aneinander vorbeigehen können. Stattdessen wurden wir so etwas wie Freunde. Er schien sich unsere Kitazeiten gemerkt zu haben, denn er war fast immer in der Nähe, wenn ich meinen Sohn abholte. Wir plauderten ein paar Minuten über das Wetter, dann über seine Gesundheit und schließlich über seine Hündinnen. Eine von ihnen war fast blind und zitterte viel. Mein Sohn durfte sie dennoch streicheln. Manchmal gab es ein Bonbon für ihn und ein nettes Kompliment für mich. Erdbeeren haben wir nie zusammen gegessen. Wenn ich mich recht erinnere, lebte er schon seit über zwanzig Jahren in derselben Wohnung. Er wusste sicher viel über die Grüne Stadt, aber ich fragte ihn nie nach den Straßennamen oder seinen Gedanken zu den Veränderungen Berlins. Es schien mir unangebracht. Oder vielleicht wollte ich nicht so genau wissen, wie er das sah. Die Begegnungen waren freundlich und leicht, sie heiterten uns beide auf. Mein Gefühl in der Grünen Stadt war nämlich ein wenig beklommen, anders als im Rest des Bezirks. Dort fühlte ich mich wie eine unter vielen: Ich hörte andere Sprachen, sah unterschiedliche Gesichter, lernte verschiedene Namen. Dort war es so, wie ich mir urbanes Leben vorstellte. In der Grünen Stadt hätte ich mich schrecklich zugezogen gefühlt, wären mir nicht mein älterer Freund und das Straßenschild mit dem Namen von Olga Benario-Prestes begegnet. Manche würden sich fragen, ob das denn ein deutscher Name sei.

Die Frau, der er gehört, war eine der Widerstandskämpfer*innen, über die wir mehr wissen. Oder zumindest mehr wissen könnten, wenn wir nur danach suchten. Aus ihren Briefen an ihren Lebensgefährten Carlos Prestes, der kein Deutscher war und dessen Namen sie auf dem Straßenschild trägt, kann man sogar erfahren, dass sie fünf Schritte brauchte, um ihre Gefängniszelle abzulaufen, während ihre Tochter Anita dafür fünfzehn bis zwanzig Babyschritte benötigte. Das schrieb Olga ihm am 9. Oktober 1937 aus dem Frauengefängnis in der Berliner Barnimstraße 10, die am anderen Ende der Greifswalder Straße liegt, bloß vier Tramstationen von der Grünen Stadt entfernt. Dort hatte sie Anita Leocádia fast ein Jahr zuvor zur Welt gebracht. Vermutlich war ihre Schwangerschaft unbemerkt geblieben, als sie im Frühjahr 1936 zusammen mit dem Brasilianer Prestes in Rio de Janeiro verhaftet wurde. Aber als man sie am 21. September auf das deutsche Schiff *La Coruña* brachte, um sie an Deutschland auszuliefern, muss ihr Bauch schon sichtlich rund gewesen sein. Denke ich an meine eigenen

Schwangerschaften, dann hatte ich in dieser letzten Phase jedes Mal schwere Beine, die mich manchmal kaum tragen konnten. Darüber, wie Olga Benario ihre Schwangerschaft erlebte, liest man in ihren Briefen nichts. Sie erwähnt nur hin und wieder die Furcht, dass die besonderen Umstände dem Kind geschadet haben könnten. Dafür erfährt man viel über Anita, die sie gelegentlich »Fräulein Pong-Pong« nennt und von der sie schreibt, dass sie »wohl beschrieben wird wie nicht oft ein Baby«.

Carlos Prestes wollte so viel wie möglich erfahren über sein Kind, das er nicht sehen konnte, weil er in Rio in Einzelhaft saß. Über ihre politischen Überlegungen, über ihre Situation als Gefangene und über ihre gemeinsame Vergangenheit konnten sie sich zu keinem Zeitpunkt austauschen, weil ihre Briefe durch die Zensurstellen beider Länder gingen. Man teilte Olga Benario gelegentlich mit, dass Briefe zurückgehalten wurden, sodass sie sich Mühe gab, die Vorgaben nicht zu missachten. Dort im Gefängnis in der Barnimstraße waren die Briefe ihre einzige Verbindung zum Leben, zu den Menschen, die sie liebte. Diese beiden Menschen, die sich über ihre politische Überzeugung und Arbeit gefunden hatten, die gemeinsam einen Putschversuch geplant hatten, mussten eine neue Sprache finden. Ihnen blieben bloß ein paar zärtliche Worte und Erinnerungen, unpolitische Betrachtungen über Bücher, die Natur und ihr gemeinsames Kind, das weder von Adolf Hitler noch Getúlio Vargas wusste, auch wenn der Nationalsozialismus und die brasilianische Diktatur sein Leben formten. Anita kam in einem Gefängnis zur Welt und schimpfte, wenn sie nicht mehr durch die Korridore krabbeln durfte, weil die Zelle wieder zugeschlossen wurde. Sie hatte eine Stunde an der frischen Luft, sah keine anderen Kinder, lernte ihre Familie nicht kennen. Am 9. Oktober 1937 schrieb Olga an Carlos:

> Im übrigen, als man mir zum ersten Mal elektr. Licht anmachte, hat sich Anita furchtbar darüber erschrocken. Sie kannte das nicht u. fing laut zu weinen an. Dann verkroch sie sich in meinem Schoss u. blieb da bis sie einschlief. Es war das so rührend u. ich selbst wurde sehr traurig, denn ich dachte daran, was für ein furchtbarer Schlag es für dieses Kind sein würde, eines Tags in eine ganz andere Welt gestossen zu werden – u. das ohne seine Mutter.

Solche Passagen holen mir die politischen Umstände wieder ins Gedächtnis. Ein Kleinkind, das elektrisches Licht nicht kennt, eine ganz andere Welt, in die es gestoßen werden muss. Ohne den Faschismus gäbe es diese Briefe gar nicht, müssten diese zwei sich innig liebenden Menschen nicht darauf hoffen, irgendwann ihr Leben als Familie beginnen zu können. Was sie schreiben, wirkt fast gewöhnlich, stellenweise sind ihre Briefe sogar unglaublich langweilig. Olga Benario beschreibt seitenlang alle Regungen ihrer Tochter: Wie viel wiegt Anita, was isst sie? Wie funktioniert ihre Verdauung? Wie findet sie ihr neues Töpfchen? In welcher Reihenfolge steckt sie sich die Finger in den Mund? Welche Laute gibt sie von sich? Welchen Abstand haben ihre Zähne voneinander?

Diesen faszinierten Blick auf das eigene Kind kenne ich. Als mein Sohn zum ersten Mal seinen Kopf hob, hätte ich gern ein Fernsehteam dabeigehabt. Er sah dabei aus wie eine ungeschickte Schildkröte, das war mir schon klar. Aber für mich war er eine ganz besondere Schildkröte. Ich hatte sie mit meinem Körper gemacht, und nun machte sie mit ihrem Körper eigene Sachen. Gleichzeitig kenne ich die kaum auszuhaltende Beschränkung dieser ersten Monate, wenn ein kleiner Mensch in all seiner Abhängigkeit an einem zehrt, einen auszehrt. Man vergöttert diesen

Menschen und möchte dennoch davonrennen, weg von seinen verklebten Fingern und der triefenden Nase und dem mit Luft gefüllten Bauch. Das banale Wunder des Lebens.

Man schämt sich schnell für dieses Gefühl, immerhin lebt man als Eltern in einem selbst geschaffenen Gefängnis voller Liebe und Zuneigung und Zartheit. Das lässt sich überhaupt nicht vergleichen mit Olga Benarios Gefängnis, das sie vor allem ertragen konnte, weil sie ihr Kind bei sich hatte, wie sie selbst schrieb: »Von mir ist wenig zu sagen. Ich lebe für dieses kleine Wesen u. ihm ist es wohl auch zu verdanken, dass ich noch nicht ganz abgestumpft bin u. noch nicht das Lachen verlernt habe.« Das Glück meiner Freiheit lässt mir mehr Raum für Unglück, als Olga Benario ihn damals hatte. Sie hätte auch ein Anrecht auf dieses Unglück gehabt. Sie hätte ein Anrecht gehabt, mehr über sich zu sagen.

Im Januar 1938 wurden Mutter und Kind getrennt, Anita war ein Jahr alt. Ihre brasilianische Großmutter Leocádia und ihre Tante Lygia holten sie ab und brachten sie zuerst nach Paris und dann nach Mexiko. Vermutlich durfte Anita entkommen, weil sie einen brasilianischen Vater hatte und noch kein Krieg herrschte. Aber sowohl die Großmutter als auch internationale Frauengruppen mussten sich monatelang dafür einsetzen, dass Anita nicht in einem Waisenhaus der Nazis verschwand.

Als Carlos Prestes von der Trennung seiner Frau von seinem Kind erfuhr, fügte er seinem Brief vom 14. März 1938 an Olga Benario zwei brasilianische Gedichte bei. Er hatte sie offensichtlich mit Bedacht gewählt: »As velhas árvores« von Olavo Bilac über die Schönheit und den Trost alter Bäume und »Ser mãe« von Coelho Neto, das der Mutterschaft gewidmet ist und mit den Zeilen endet:

Mutter sein, das heißt im Lächeln weinen
Mutter sein heißt, eine Welt und nichts zu haben,
Mutter sein, das heißt im Paradies zu leiden.

Olga Benario konnte erst am 14. Mai 1938 darauf antworten. Sie ging jedoch nicht auf das Gedicht von Neto ein. Vermutlich war ihr Schmerz zu groß, um über Mutterliebe nachzudenken. Außerdem konnte sie, denke ich, das im Gedicht beschworene Paradies, in dem die freien Mütter leiden, nicht kennen. Sie ließ Prestes aber wissen, dass sie sehr gut verstehe, weshalb er gerade diese Gedichte für sie ausgewählt hatte. Sie schrieb über »As velhas árvores«, dass es ihre eigenen Gedanken widerspiegele:

Die Umstände u. vergangenen harten Jahre haben es mit sich gebracht, dass wenig von Deiner übermütigen Kleinen geblieben ist. Dafür aber hat man sich zu einem Grad innerlicher Reife durchgerungen, der einem erlaubt zu sagen: »wollen wir lachend alt werden, so wie die starken Bäume altern.«

Mir fallen dabei die Bäume auf dem Ettersberg ein. Die Buchen waren bereits gefällt, als Olga dies schrieb. Und auch wenn die Goethe-Eiche noch ein paar Jahre stehen sollte, hatte sie zu diesem Zeitpunkt bereits sehr wenig mit Bilacs alten Bäumen gemeinsam:

In ihrem Schatten, frei von Last und Hunger,
leben Menschen, wilde Tiere und Insekten;
und in ihren Zweigen wohnen Vögel
mit ihrem Gesang und frohgemutem Schwatzen …

Benario übersetzte beide Gedichte ins Deutsche. Sie beschrieb Prestes ihre Gedanken dabei:

Wie beglückend ist es zu wissen, dass im Grunde die besten u. heiligsten menschlichen Gefühle bei allen Völkern die gleichen sind u. sie diese nur entsprechend ihrer Eigenart u. Kultur zum Ausdruck bringen.

Unsere heiligsten Gefühle – ich weiß nicht, ob ich sie so nennen würde, aber mir ist ebenfalls ein Rätsel, warum wir so tun, als unterschieden sie sich von Mensch zu Mensch. Die Liebe zu meinem Sohn ist für mich einzigartig. Aber in ihrer Einzigartigkeit gleicht sie allen anderen einzigartigen Lieben. Man kennt heute viele Zahlen, weiß zum Beispiel, dass etwa zwei Millionen Kinder von den Nazis und ihren Kollaborateuren ermordet wurden. Aber wie viele Familien sind das? Wie viele Liebende und Geliebte? Und was ist mit Hass und Rachsucht, mit unseren unheiligen Gefühlen? Unterscheiden sie sich über Zeiten und Grenzen und, nun ja, Zivilisationen hinweg?

Wir glauben, dass es gegenwärtig auf unserem Kontinent nicht ganz so leicht sei, Menschen systematisch zu ermorden, uns also unseren unheiligen Gefühlen ungestraft hinzugeben. Es wird keine Wiederholung geben, das hoffen wir. Aber die Dinge müssen sich nicht wiederholen, müssen keinem Vergleich standhalten. Die Abwertung von Menschenleben nimmt immer wieder neue Formen an. Manchmal handelt es sich dabei um ein intentionales, aktiv und systematisch durchgeführtes Verbrechen. Aber muss es das immer sein? Heute ertrinken Eltern mit ihren Kindern an unseren Grenzen oder werden in kümmerlichen Lagern untergebracht und dort vergessen. Wir nehmen den Tod in den Meeren hin, und wir haben auch die Lager und Gefängnisse hingenommen. Man kann bezweifeln, dass das systematisch geschieht, aber auch das Unterlassen ist ein Verbrechen. Weshalb sollte etwa ein Kind, das in einem deutschen Vorort geboren wird, ein anderes Anrecht auf Sicherheit und Schutz haben, als eines, das in einem Flüchtlingslager in Libyen zur Welt kommt? In solchen Momenten wird Menschheit zu einem Abstraktum, zusammengesetzt aus zu organisierenden Einheiten anstelle einer Gemeinschaft von Einzelnen, die atmen und essen und sterben und sich dabei nicht wertlos fühlen möchten. Das tun wir schon so lange, dass wir glauben, dass es nie anders war. Wir wissen zwar, dass wir atmen und sterben, aber wir sind so streng miteinander und nicht streng genug mit diesem abstrakten Gebilde, das sich wenig um das Menschliche schert und uns niemals eine geeignete Herberge sein wird. Leben nach Leben nach Leben.

Nach der Trennung von ihrer Tochter war Olga seit langer Zeit zum ersten Mal wieder alleine. In einem Brief an Prestes beschrieb sie die Entscheidung, mit der sie sich angesichts der neuen Situation konfrontiert sah:

> Angesichts solcher Ereignisse steht man vor der Alternative: daran zu zerbrechen – oder hart zu werden. Und Du weißt, dass nur das zweite für mich in Frage kommt. Dabei hilft mir glücklicherweise, dass ich noch im Stande bin, zu unterscheiden zwischen der Bedeutungslosigkeit der Fragen der eigenen kleinen Person u. den allgemeinen weltgeschichtlichen Ereignissen unserer Zeit.

Diese Härte verlangte sie nicht nur sich selbst ab. Zur gleichen Zeit schrieb sie in einem Brief an Anitas Großmutter Leocádia: »Lass kein falsches Mitleid aufkommen, dass diesem Kindchen Vater u. Mutter fehlen«, und bat, dass Anita nicht nur mit Erwachsenen Zeit verbringen solle: »Sie muss unter Kinder u. lernen sich in ein Kollektiv einzufügen.« Selten zeigen sich ihre politischen Überzeugungen so deutlich wie in den Passagen, in denen es um die Erziehung ihrer Tochter geht. Und Olga Benario war ja auch nicht als Mutter, sondern wie alle Namensgeber*innen der Straßen der Grünen Stadt aufgrund ihrer Rolle in den, wie sie es nennt, weltgeschichtlichen Ereignissen inhaftiert. Es gibt mehr über sie zu erzählen, über mehr als ihre Zeit als Gefangene, als Mutter und Opfer.

Olga kam 1908 in München zur Welt. Sie stammte aus einer bürgerlichen Familie, wohlhabend und gebildet. Was ich über sie gelesen habe, vermittelt mir das Bild einer sehr eigenständigen, furchtlosen und schon früh politisch denkenden Person. Vielleicht auch ein wenig kompromisslos. Immerhin trat sie bereits als Fünfzehnjährige dem illegalen Kommunistischen Jugendverband bei. Und mit zwanzig befreite sie mit einer Pistole bewaffnet ihren Lebensgefährten Otto Braun aus der Berliner Justizvollzugsanstalt Moabit. Ich würde gern mehr darüber wissen, wie sie von der Luisenschule für höhere Töchter zur Kommunistischen Partei gelangte. Ihre Mutter Eugenie legte großen Wert auf einen gehobenen sozialen Status, ihr Vater Leo war überzeugter Sozialdemokrat und verteidigte als Anwalt häufig arme und mittellose Menschen, ohne ein Honorar zu kassieren. Im Jahr von Olgas Geburt veröffentlichte er eine engagierte Schrift mit dem Titel »Die Wucherer und ihre Opfer«, nach dem Ende des Ersten Weltkriegs schrieb er über die Notwendigkeit einer sozialeren Justiz in der Weimarer Republik. Olgas Bruder Otto war sieben Jahre älter als sie und wurde Bankbeamter.

Den größten Einfluss soll ihr Vater auf Olga gehabt haben. Da ich kaum etwas über diese Familie weiß, vor allem über die Beziehung ihrer Eltern, kann ich nur mutmaßen. Vielleicht war es die scheinbare Gegensätzlichkeit beider Elternteile, die in Olga den Wunsch aufkommen ließ, etwas anderes, etwas Eigenes zu suchen. Eugenie lehnte Olgas politische Überzeugungen jedenfalls von Beginn an ab. Und vermutlich lehnte Olga alles ab, für das ihre Mutter stand – als Bürgerin, Jüdin und Frau. Ihr Vater hingegen unterstützte sie bis zu seinem Tod 1933. Als sie in Berlin kurzzeitig verhaftet wurde, bot er ihr an, sie zu verteidigen. Sie lehnte ab. Sich so früh im Leben dermaßen vehement gegen die gesellschaftlich und familiär vorgesehene Rolle aufzulehnen, erfordert viel Willensstärke, selbst heute noch.

Der Bruch war radikal und führte Olga in ein komplett anderes Leben. Nach der Befreiung von Otto Braun floh sie mit ihm nach Moskau und ließ sich dort zur paramilitärischen Agentin der Kommunistischen Internationalen ausbilden. Sie lernte, mit Waffen umzugehen, Flugzeuge zu steuern und Fallschirmspringen. Mir scheint, Olga wollte sich mit ihrem ganzen Körper einsetzen. Und so wurde sie als Leibwächterin rekrutiert, um Luís Carlos Prestes vom Exil zurück nach Brasilien zu begleiten. Die beiden wurden einander in Moskau vorgestellt, er war damals sechsunddreißig Jahre alt und damit zehn Jahre älter als sie. Dafür war sie einen Kopf größer.

Prestes galt bereits als Held, weil er als junger Hauptmann einen Militäraufstand geleitet hatte. Man nannte ihn den Ritter der Hoffnung, obwohl der Aufstand damals gescheitert war. Nun sollte er mit Olga in seiner Heimat einen Putsch gegen den faschistischen Diktator Getúlio Vargas anführen. Die beiden reisten vier Monate und über viele Stationen, weil sie keinen Verdacht auf sich ziehen wollten. Sie gaben sich als portugiesisches Ehepaar aus, also vermute ich, dass Olga bereits vor ihrer Abreise ein wenig Portugiesisch gelernt hatte. In ihren Briefen aus der Gefangenschaft schreiben sie oft über die Muttersprache des anderen, Carlos verfasst sogar ein paar seiner Briefe auf Deutsch. Durch die Sprache konnten sie an ihrer gemeinsamen Zeit festhalten.

Diese Zeit währte kaum länger als ein Jahr. Sie kamen im April 1935 in Rio an und wurden im März 1936 verhaftet. Aber sie hatten sich verliebt und wollten die Welt gemeinsam verändern.

Der Putschversuch scheiterte, vermutlich wurden sie verraten. Olga und Carlos tauchten unter, viele andere wurden verhaftet und ermordet. Zu ihrer gemeinsamen Geschichte gehört auch, dass die mutmaßliche Verräterin Elza Fernandes von den Kommunisten stranguliert wurde. Elza war die Ehefrau des damaligen Generalsekretärs der kommunistischen Partei Brasiliens und wurde vor dem Putschversuch mehrmals verhaftet und wieder freigelassen. Das galt als Indiz für ihre Schuld. Der Mord wird in vielen Quellen zu Olga Benario eher beiläufig erwähnt oder ganz weggelassen. Aber selbst wenn der Befehl nicht direkt von Carlos kam, so waren er und Olga mit Sicherheit darüber informiert. Man wünscht sich, dass es nicht ins Bild passt, aber es passt ins Bild.

Die Ausbildung in Moskau hatte Olga abgehärtet, sie rechnete mit Gewalt und Folter. Aber auf das, was sie nach ihrer Deportation in Deutschland erwartete, konnte sie sich nicht vorbereiten. Im August 1939 schreibt sie in einem Brief an Leocádia und Lygia:

> Oft denke ich, dass es zum Teil doch ganz gut war, dass ich damals vor dreieinhalb Jahren nicht wusste, was mir alles noch bevorstand. Ich weiss nicht, ob der Mut ausgereicht hätte, dies alles auf die Schultern zu nehmen.

Diesen Brief schickt sie aus dem Frauen-Konzentrationslager Ravensbrück, in das sie im Mai 1939 gebracht wurde. Es war kurz zuvor fertiggestellt worden. In dieser Phase ihrer Gefangenschaft merkte Olga, dass die Nazis sie immer weniger als politische Gefangene betrachteten und stattdessen ihre jüdische Herkunft unterstrichen. In ihren wenigen Briefen aus Ravensbrück wird klar, dass sie kaum noch an ein Wiedersehen mit Carlos und Anita glaubte, auch wenn sie beteuerte, dass sie angesichts der Weltlage ihr eigenes Schicksal nicht zu ernst nehmen wolle. Sie wirkt müde in ihren letzten Briefen, aber sie hält an ihrer inneren Härte fest.

Sechs Jahre nach ihrer Verhaftung wurde sie ermordet. Ihr Mann und ihre Tochter lernten sich erst nach Kriegsende 1945 in Brasilien kennen. Carlos wurde Generalsekretär der kommunistischen Partei Brasiliens. Anfang der fünfziger Jahre heiratete er Maria, die viele Jahre eine militante kommunistische Kämpferin gewesen war. Sie hatte bereits zwei Kinder, als sie ihn kennenlernte, gemeinsam mit Carlos bekam sie noch sieben weitere. Ihre Ehe hielt vierzig Jahre bis zu seinem Tod 1998. Anita ist heute Professorin für Geschichte in Rio, ihre Doktorarbeit behandelt die *Coluna Prestes*, wie der von ihrem Vater geleitete Militäraufstand heute genannt wird.

Olga Benarios Leben ist ebenso weit weg für mich wie ihre Stärke und ihre Kompromisslosigkeit. Ich kann nach Parallelen suchen, aber sie unterstreichen nur, wie gut es mir geht und wie anders ich bin. Zu der Zeit, in der ich mit meinem Sohn durch die Straßen der Grünen Stadt ging, war ich so alt wie Olga bei ihrem Tod, mein Kind war nur wenig älter als Anita bei der Trennung von ihrer Mutter. Ich war bloß in Berlin, weil es meinen Eltern drei Jahrzehnte zuvor gelungen war, einem diktatorischen Regime zu entfliehen. Wären meine Eltern geblieben, hätte ich als Mädchen Unterdrückung und Ungleichbehandlung erlebt und vermutlich immer wieder vor der Wahl gestanden, mich zu fügen oder mich zu widersetzen. Die meisten Menschen widersetzen sich nicht, also kann ich davon ausgehen, dass ich es wohl auch nicht getan hätte. Ich bin froh, dass ich von solchen Entscheidungen verschont geblieben bin. Ich lese oft in den Nachrichten über Frauen im Iran, die für Jahrzehnte weggesperrt werden, weil sie sich für ihre Rechte eingesetzt haben. Ich werde nie eine von ihnen sein. Ich glaube, das verpflichtet mich hinzuschauen. Man muss immer näher hinschauen.

Es half Olga Benario nicht, dass sie der Gestapo gegenüber angab, 1925 aus der jüdischen Gemeinde ausgetreten zu sein. Sie hätte den Naziterror vermutlich auch nicht überlebt, wäre sie ihr Leben lang unpolitisch gewesen. Ihre Mutter Eugenie wurde 1943 in Theresienstadt, ihr Bruder Otto 1944 in Auschwitz ermordet. Ich weiß nicht, ob die Gründe für die Morde von Bedeutung sind, waren sie doch in jedem Fall menschenverachtende Taten. Ich will mich dagegen wehren, die Maßstäbe und Kategorien der Nazis zu übernehmen, den Bürokratismus, den sie ihrer Menschenverachtung überstülpten: gelbe Sterne zur Vergasung, rote Dreiecke zur Erschießung. Und dennoch starb Olga Benario einen ganz konkreten Tod, als sie mit anderen Frauen am 23. April 1942 in der Tötungsanstalt Bernburg vergast wurde – einen Fabriktod, wie ihn Hannah Arendt bereits 1946 in ihrem Essay »Das Bild der Hölle« so klar und frappierend beschrieben hat:

> … da starben alle zusammen, die Jungen und die Alten, die Schwachen und die Starken, die Kranken und die Gesunden; sie starben dort nicht als Menschen, nicht als Männer und Frauen, Kinder und Erwachsene, Jungen und Mädchen, nicht als gute oder schlechte, schöne oder häßliche Menschen – sondern sie wurden auf den kleinsten gemeinsamen Nenner organischen Lebens zurückgeführt und in den finstersten und dunkelsten Abgrund ursprünglicher

Gleichheit hinuntergestoßen, wie Vieh, wie Material, wie Dinge, die weder einen Leib noch eine Seele ja nicht einmal ein Gesicht besaßen, denen der Tod ein Siegel aufdrücken konnte.

Die Nazis machten Olga Benarios Ende zu einem von Millionen. Eine unvorstellbare Masse von Menschen, deren Gesichter und Namen vergessen wurden und deren Lebenswege nicht zur Benennung einer Straße oder eines Denkmals taugen. Noch nicht einmal Fragmente des Zerschlagenen sind uns von ihnen geblieben. Wir wissen nur, dass wir etwas verloren haben, das eindeutig da war, auch wenn wir es nur erahnen können, wenn wir von den Rändern auf den Abgrund blicken, den es hinterlassen hat. Dort stehen wir alle, ob wir wollen oder nicht, auch wenn manche von uns so tun, als gäbe es diesen Abgrund nicht. Einige verfassen lieber Kolumnen oder tragen Plakate herum, sie sitzen in Talkshows und schreiben zynische Kommentare im Internet, sie verbreiten Hassbotschaften, fordern Schlussstriche, erklären Moral zur Last. Manche von ihnen sind sehr zufrieden in ihrer Pose, sie erklären das Unrecht als vergangen und ihr Gewissen als rein. Andere sind wütend, weil sie meinen, etwas ausbaden zu müssen, das entweder gar nicht ihre Schuld oder ohnehin nicht so schlimm gewesen sei. Sie trauen sich nicht, in den Abgrund zu blicken, weil sie sich darin wiedererkennen würden, so wie ich mich beim Spaziergang durch die Grüne Stadt wiedererkannt habe, mich und meine Zeit. Eine Zeit, in der man noch immer erst vom Mut vieler Menschen erfährt, wenn sie eingesperrt oder ermordet wurden. Leben nach Leben nach Leben bis zum Tod.

Orouba Barakat, Regimekritikerin aus Syrien, und ihre Tochter *Halla Barakat*, Journalistin, erschossen in ihrer Istanbuler Wohnung am 21. September 2017 im Alter von 60 und 22 Jahren.

Julie Berman, Aktivistin für Transgender-Rechte aus Toronto, erschlagen am 22. Dezember 2019 im Alter von 51 Jahren.

Berta Cáceres, Menschenrechts- und Umweltaktivistin aus Honduras, Kritikerin der Armee, erschossen in ihrem Haus am 3. März 2016 im Alter von 44 Jahren.

Marielle Franco, Stadträtin in Rio de Janeiro, Aktivistin für LGBTQI-Rechte und Kritikerin von Polizeigewalt insbesondere in den Favelas, und ihr Fahrer und Parteifreund *Anderson Pedro Gomes*, erschossen auf der Straße am 14. März 2018 im Alter von 38 und 39 Jahren.

Daphne Caruana Galizia, Investigativjournalistin aus Malta mit Fokus Korruption in der Politik, Tod durch Autobombe am 16. Oktober 2017 im Alter von 53 Jahren.

Jelena Grigorjewa, Menschenrechtsaktivistin aus Sankt Petersburg, Kritikerin der Krim-Annexion, mit Würgemalen und Messerstichen in einem Gebüsch tot aufgefunden am 21. Juli 2019 im Alter von 41 Jahren.

Hevrin Khalaf, kurdische Politikerin und Frauenrechtlerin aus Rojava, von protürkischen Milizionären aus ihrem Auto gezogen und gemeinsam mit ihrem Fahrer erschossen am 12. Oktober 2019 im Alter von 34 Jahren.

Gauri Lankesh, Aktivistin gegen Hindu-Extremismus und das Kastensystem in Indien, erschossen vor ihrem Haus am 5. September 2017 im Alter von 55 Jahren.

Jennifer Campanita López, Aktivistin für Transgender-Rechte aus Mexiko, erstochen am 20. Mai 2017 im Alter von 20 Jahren.

Sabeen Mahmud, Menschenrechtsaktivistin und Sozialarbeiterin aus Pakistan, auf dem Heimweg von einer Veranstaltung erschossen am 24. April 2015 im Alter von 40 Jahren.

Caroline Mwatha, Aktivistin gegen Polizeigewalt aus Kenia, aufgrund der Kriminalisierung von Abtreibungen nach einem unsicheren Eingriff am 12. Februar 2019 unter einem anderen Namen in einem Leichenschauhaus in Nairobi im Alter von 37 Jahren gefunden.

Shaima al-Sabbagh, Menschenrechtsaktivistin aus Ägypten, erschossen von einem Polizisten während einer Demonstration auf dem Tahrir-Platz am 24. Januar 2015 im Alter von 32 Jahren.

Oluwatoyin Salau, Black-Lives-Matter-Aktivistin aus Florida, von einem Mann entführt, vergewaltigt und ermordet, tot aufgefunden am 14. Juni 2020 im Alter von 19 Jahren.

DIESES SCHREIBEN WURDE MASCHINELL ERSTELLT

Reich ist der Friedhof, das war es, was jeder Sarde
auf dem Grunde des Herzens empfand.

Salvatore Satta

Unsere Nachbarin Filomena ist ein beliebtes Motiv für Touristenfotos: eine kleine runde Witwe auf einem Korbstuhl vor einem schiefen weißen Haus in der Altstadt. Sie wird so Teil einer pittoresken Szene aus Sa Costa, wie dieser Teil der sardischen Stadt Bosa genannt wird. Bevor die Tourist*innen Filomena erreichen, sind sie bereits einige Meter über das holprige Kopfsteinpflaster der schmalen Straßen und Gassen gelaufen, die vorbei an den dicht gedrängten bunten Häusern hoch zur Burgruine des Castello Malaspina auf der Spitze des Berges führen. Nicht nur Filomenas Haus steht ein wenig schief. Die gesamte Altstadt wirkt wie ein Gruppenbild betrunkener Schulfreunde, überragt von ihrem strengen Lehrer.

Die Straßen Sa Costas sind teilweise so eng, dass nur Kleinstwagen und die bei Bauarbeitern und älteren Männern beliebten dreirädrigen *apes* durchkommen. Im Sommer bleiben Tourist*innen mit ihren Mietwagen in den Straßenwindungen stecken. Das bereitet den *bosani* viel Freude. Sie strömen aus ihren Häusern und kommentieren und navigieren lautstark. Jeder weiß am besten, was nun zu tun ist. Die Menschen im Auto schwitzen und bekommen rote Gesichter. Für sie ist es eine verflixte Situation, für die *bosani* aber eines jener Spektakel, die zwar altbekannt, aber Quell unerschöpflicher Freude sind.

Wer Bosa nur kurz besucht, lernt die lebhafte Seite der Stadt kennen. Sie erfüllt alle Klischees eines mediterranen Ortes: die wuseligen Kinder, die streunenden Hunde und Katzen, die alten Männer auf den Bänken, pralle Tomaten, saftige Orangen, Wein, Palmen, Meer, Eis, Lärm. Doch wenn man lange genug bleibt, erkennt man die unabänderlichen Bahnen dieser Vitalität und Aktivität. Die immer gleichen Kinder wuseln jeden Tag auf die gleiche Weise, so wie auch die gleichen Tiere immer gleich streunen und die gleichen Männer immer gleich sitzen. Dazwischen passiert nur sehr selten und sehr ungern etwas Zufälliges. Das Straßenleben ist der Zeitlosigkeit des menschlichen Treibens gewidmet. Vielleicht sogar als unausgesprochene Strategie, um die Veränderungen zu bewältigen, die auch diesen Ort nicht unberührt lassen. Wir leben, wir leben, wir leben – weiter, wie wir immer gelebt haben und wie es uns aufgetragen wurde zu leben. Ich bin seit zwei Jahren nicht mehr dort gewesen. Aber ich bin mir sicher, dass die Uhr auf dem *corso* noch immer nicht repariert worden ist, dass die Verkäuferin im Spielwarenladen die Kinder immer noch missmutig anschaut und dass der Rentner, der jeden Tag pünktlich zur selben Zeit mit seiner grünen *ape* an unserem Haus vorbeifährt, das auch am heutigen Tag tut: morgens runter zur Bar, mittags rauf von der Bar, nachmittags runter zur Bar, abends rauf von der Bar. Er hupt dabei kontinuierlich, damit alle rechtzeitig gewarnt sind, dass er gleich um die Ecke kommt. Ein einziges Mal traf ich ihn gehend. Seine Beine wirkten sehr kurz, zu kurz, um den restlichen Körper zu tragen. Ich war überrascht, wie sehr ich mich an die Vorstellung eines Mischwesens aus Mensch und *ape* gewöhnt hatte. Dass er ausstieg, war nicht vorgesehen.

Als dieser Rentner und Filomena Kinder waren, wohnten in Sa Costa vor allem Großfamilien. Sie riefen sich gegenseitig aus den Fenstern zu, wünschten sich guten Appetit oder Gesundheit, baten um eine fehlende Zutat oder ein Werkzeug und waren bei Gesprächen und Streitereien immer hellhörig genug, um auf dem Laufenden zu bleiben. Man nahm unweigerlich am Leben der anderen teil, man hielt zusammen. So wurde es mir erzählt.

Heute leben oft nur noch einzelne alte Menschen in den Häusern. Manche bewältigen die vielen Treppen kaum, weshalb sie morgens ein Körbchen für den Postboten herunterlassen. Er legt die Briefe hinein und zieht dann an der Schnur, das Zeichen, dass das Körbchen wieder hochgezogen werden kann.

Viele der Häuser stehen aber auch komplett leer. Manche der jüngeren Familien sind in die neugebauten Wohnkomplexe in Strandnähe gezogen, andere befinden sich in einem Erbschaftsstreit und können aus diesem Grund weder einziehen noch verkaufen. Der größte Teil der jungen Menschen ist in andere Städte gezogen. Dorthin, wo es noch Arbeit und ein Leben gibt.

Das einzige dauerhaft in unserer Straße lebende Kind ist ein neunjähriges Mädchen. Sie ist zierlich und hat lange schwarze Haare, die mit rosa Spangen zurückgehalten werden. Oft spielt sie vor der Haustür und ruft nach unserem älteren Sohn. Sie hat ihn Francesco getauft, die italienische Form seines Namens. Er mag es, so genannt zu werden. Vor kurzem sagte er zu mir: »Wenn ich groß bin, möchte ich Italiener sein.«

Die Mutter des Mädchens ist gelernte Schriftsetzerin. Bis zur Einschulung ihrer Tochter blieb sie zu Hause. Heute arbeitet sie als Verkäuferin in einem Geschäft für Kinderbekleidung. Sie wäre gern weiterhin zu Hause geblieben, aber für ihren Ehemann gibt es als Straßenbauer kaum noch Arbeit. Er ist in Sa Costa aufgewachsen, lebte zwischenzeitlich woanders und hat dann seinen Traum, wieder zurückzuziehen, wahr gemacht. Ich glaube, die Frau hat sich damit arrangiert. Sie hat ein Zuhause für ihre Familie geschaffen und die Menschen ihrer Straße zu einem Teil ihres Lebens gemacht. Ohne ihre Hilfe könnte Maria, die alte Nachbarin gegenüber, wohl kaum in ihrem Haus bleiben. Maria erklärt immer wieder, dass man sie nur tot aus ihren vier Wänden kriege, und die Nachbarschaft hilft mit, ihre Absicht möglich zu machen.

Die leer stehenden Häuser verfallen über die Jahre. Sie werden von Tauben übernommen, deren Anwesenheit Ratten und Kakerlaken in die Straßen lockt. Gelegentlich kommt jemand von der Stadtverwaltung, dann werden die Häuser geöffnet und Gitter vor die Fenster geschraubt. Manche Tauben schaffen es nicht rechtzeitig heraus. Man hört sie an den Luftlöchern gurren und immer wieder gegen die Gitter fliegen. Nach ein paar Tagen wird es dann still.

Die verkauften Häuser sind meist nur in der Ferienzeit bewohnt. Sie gehören Menschen wie dem ehemaligen Diplomaten aus Rom, der sich in den Wochen auf Sardinien seinen chinesischen Kunstwerken widmet. Die meisten neuen Eigentümer*innen kommen vom Festland oder aus Nordeuropa. Sie sind oft größer und auch wohlhabender als jene Menschen, für die diese Häuser erbaut wurden. Mit dem Kauf fangen die Neuen ein jahrelanges Projekt an: Neue Heizungen, Bäder und Küchen werden installiert, die Türstürze erhöht, die Terrassen erweitert, die Rohr- und Elektroleitungen saniert und die Kellerräume renoviert.

Diese ortstypischen Keller heißen *cantinas* und sind in den Sommermonaten der wichtigste Bereich des Hauses, weil sie kühl und für gewöhnlich mit einer zweiten Küche ausgestattet sind. Durch die Eingangstüren, die einen oberen Flügel zum Öffnen haben, kann man die Straße im Auge behalten oder mit Vorbeigehenden einige Sätze wechseln. Vor allem ältere Frauen wie Filomena nutzen ihre *cantinas*, um etwas zu verkaufen. Sie bieten Obst und Gemüse aus eigener Ernte an, je nachdem, was gerade wächst. Außerdem verkaufen sie traditionelle Handarbeiten. Als junge Mädchen haben sie gelernt, diese filigrane Spitze anzufertigen, wobei feiner Tüllgrund in einem Holzrahmen aufgespannt und mit Blumen- und Vogelmotiven bestickt wird. Während dieser Arbeit sitzen die Frauen in kleinen Gruppen zusammen und reden, reden, reden. Über ihnen hängt das milde Gesicht Padre Pios, des beliebtesten Heiligen der Sarden.

Als ich zum ersten Mal diese Stoffe sah, überwältigte mich ein aufgekratztes Gefühl. Dort lagen die gleichen Tischdecken, die auch meine assyrische Großmutter angefertigt hatte. Sie kamen mir wirklich identisch vor, es ließ mich nicht mehr los. An diesem Ort auf Sardinien existierte etwas, das ich aus dem mir entglittenen Leben kannte. Ich versuchte, den alten Damen zu erklären, dass ihre Tradition auch die Tradition meiner Familie war, erzählte ihnen von meiner Großmutter. War ich davon ausgegangen, dass sie in gleichem Maße überrascht und erfreut auf diesen Zufall reagieren würden wie ich? Heute kommt es mir absurd vor, etwas anderes erwartet zu haben als den skeptischen Blick, den sie mir vereint zuwarfen. Sie ließen sich nicht von meinem sentimentalen Gefühl anstecken, für sie gehörten ihre Arbeiten an diesen Ort, und das war's, *basta.* Ich kann das nachempfinden, weil die Arbeiten meiner Großmutter mir bis zu dem Moment ebenso einzigartig vorgekommen waren. Dieses Erlebnis hat mir gezeigt, mich daran erinnert, dass jeder Mensch dazu neigt, die eigene Welt zu überhöhen – ihre Zeichen, Gegenstände, Traditionen, Sitten.

Inzwischen glaube ich, dass meine Großmutter unter den sardischen Frauen nicht weiter auffallen würde. Sie könnte sich problemlos in die Bahnen dieser Stadt einfügen. Ihren Tag würde sie damit beginnen, das Treppenhaus mit Wasser und Haushaltsbleiche zu putzen. Dann würde sie den Eimer auf dem Straßenstück vor ihrem Haus leeren, damit der Sand nicht wieder durch die Haustür hineinflöge. Sie würde das nasse Pflaster mit einem groben Besen fegen, damit der liegen gebliebene Dreck in den Gullys verschwände. Vielleicht würde sie auch mit Leitungswasser gefüllte Plastikflaschen an die Ecken ihres Hauses stellen. Man sagt, das halte die Hunde davon ab, ihr Geschäft dort zu verrichten. Nach dem Hausputz würde meine Großmutter zum Metzger und Gemüsehändler gehen. Dort würde sie mit den anderen Frauen über die geplanten Gerichte des Tages reden und die ausgelegte Ware kommentieren. Besonders wichtig wäre dabei, möglichst nichts vom Festland zu kaufen. Im Anschluss würde meine Großmutter die Lebensmittel nach Hause tragen. Nachdem sie das Essen aufgesetzt hätte, könnte sie sich ein bisschen ausruhen. Vielleicht würde sie sogar neben Filomena auf einem Korbstuhl sitzen und von Touristen fotografiert werden. Am Nachmittag, wenn die Sonne etwas niedriger stünde, würde sie zum Friedhof gehen. Ihr Tag würde auf dem Kirchenvorplatz enden, wo ihre Freundinnen auf der Bank sitzen und auf die herumtobenden Kinder aufpassen würden. Sie würden die Namen der Kinder rufen und diese ermahnen: Lass deinen Bruder in Ruhe, *monello.*

Ich stelle mir vor, dass mich dieser sardische Ort dem irakischen Leben meiner Großmutter näher bringt. Immer wieder begegnet mir etwas, das ich aus Erzählungen kenne, die aus einer anderen Zeit und einem anderen Land stammen. In Sa Costa leben diese Details und Momente auf, zumindest für mich, die diese andere Zeit und das andere

Land nie gesehen hat. Das Leben, das meine Großmutter hätte leben können, kommt in meiner Vorstellung Filomenas Leben sehr nahe. Beide Frauen habe ich als Witwen kennengelernt, die wenig besitzen und noch weniger für sich beanspruchen.

Filomenas verstorbener Ehemann war einige Jahre als Gastarbeiter in Deutschland gewesen, bevor er nach Sa Costa zurückkehrte. Seit seinem Tod lebt Filomena alleine. Sie verbringt viele Stunden auf dem Stuhl vor ihrem Haus. Wenn ihre beiden liebsten Nachbarinnen dazukommen, setzen sie sich auf die Treppenstufen. Sie treffen sich jeden Abend, vermutlich schon seit Jahrzehnten. Sie lachen viel, zum Beispiel über die Tourist*innen mit ihren Kameras. Filomena kann nicht verstehen, weshalb man sie fotografieren möchte. Meistens wird sie nicht gefragt, ob sie damit einverstanden ist. Das nimmt sie ebenfalls mit Humor, die Tourist*innen sind eben ein wenig *pazzo*. Filomena lacht ohnehin sehr viel, dann kann man ihren letzten verbliebenen Vorderzahn sehen, der aufrecht stehend aus ihrem Unterkiefer grüßt. Jedes Mal wenn ich an Filomena vorbeikomme, wechseln wir ein paar Sätze. Es sind immer die gleichen Sätze, was auch daran liegt, dass ich sehr wenig Italienisch spreche. Aber für Filomena geht es nicht um originelle Gespräche, sondern um ein nachbarschaftliches Zeichen.

Manchmal kommt sie aber auch mit einem Brief aus Deutschland zu mir und bittet mich, ihn zu übersetzen. Das Problem ist, dass ich die Briefe selbst kaum verstehe. Das ist besonders unangenehm, weil sie mich *dottoressa* nennt. Jedes Mal versuche ich, den Inhalt des Briefes so schnell wie möglich zu erfassen, weil Filomena ihn mir nach ein paar Sekunden wieder aus der Hand nimmt. Ich glaube, sie schämt sich. Oder sie traut mir nicht. Als ich sie einmal bat, mir den neuesten Brief für ein paar Stunden zu überlassen, lehnte sie ab. Sie sagte, es sei nicht so wichtig, ich solle mir keine Umstände machen. Dabei sind diese Briefe sehr wichtig. Sie enthalten Informationen zu ihrer Witwenrente, meistens geht es um eine Anpassung der Summe. Dieses eine Mal habe ich ihr gestanden, dass ich nicht so genau wisse, was die Rentenversicherung ihr sagen möchte, und angeboten, dort anzurufen. Aber sie zuckte nur mit den Schultern, faltete den Brief zusammen und steckte ihn in die Vordertasche ihrer Schürze. *Andrà bene.*

Ich weiß nicht, wie viel Zeit Filomenas Ehemann in Deutschland verbracht hat, wo er war und was er dort genau gemacht hat. Soweit ich weiß, hat Filomena nie dort gelebt. Das war dem deutschen Staat vermutlich ganz recht. Die Familien sollten im Heimatland bleiben, damit die Arbeiter nach einer Weile wieder dorthin zurückkehren würden. So wie Filomenas Ehemann. Deutschland wollte keine Einwanderung und keine Integration, es wollte Arbeitskräfte. Vielleicht ist das der Grund, weshalb wir die Geschichten jener, die dennoch in Deutschland geblieben sind, kaum kennen: Wie lebten sie damals, wie erlebten sie das Land, in dem sie arbeiteten, was machen sie jetzt? Und die, die nicht geblieben sind, was haben sie von ihrer Zeit in Deutschland mitgenommen?

Das Grab von Filomenas Mann liegt auf dem Friedhof, der fünf Gehminuten von unserer Straße entfernt ist. Ich bin dort fast täglich spazieren gegangen, obwohl ich sonst Friedhöfe meide. Sie erinnern mich zu sehr an die Trauer und die Schuldgefühle meiner Mutter, wenn sie am Grab ihrer eigenen Mutter stand. Es ist eine seltsame Schuld, die Kinder empfinden, wenn sie ihre Eltern in einem Land beerdigen, in dem sie selbst besser zurechtkamen.

Wie es sich wohl anfühlt zu wissen, wo man beerdigt sein wird? Wenn man sein gesamtes Leben an dem Friedhof vorbeigelaufen ist, der auch der eigene letzte Ort sein wird? Wenn man viele der Namen kennt, die dort zu finden sind, und die Lebensgeschichten, die sich hinter den Namen verbergen?

Meine Unempfindlichkeit diesem Friedhof gegenüber rührte wohl daher, dass meine Spaziergänge nichts mit ihm als konkretem Ort zu tun hatten. Ich brauchte bloß eine Umgebung mit frischer Luft, ohne Lärm, damit mein Sohn seinen Mittagsschlaf machen konnte. Anders schlief er nicht ein, egal, wie übermüdet und quengelig er war. Also lief ich jeden Tag in der Hoffnung, dass er einschlafen würde, mit dem Kinderwagen durch die Straßen von Sa Costa. Vorbei an den Tourist*innen, die in den Restaurants *Spaghetti vongole* und dazu *Vermentino* bestellten oder auf der Piazza Eis aßen.

Die Tourist*innen gehen stets davon aus, dass ich Sardin bin. Also fragen sie mich in gebrochenem Italienisch nach dem Weg oder lächeln mich einfach an, wie man Einheimische eben anlächelt, wenn man sagen will: »Ich komme in Frieden und ich komme mit Geld.« Deutsche überrasche ich dann mit meinem Hochdeutsch. Ich kann gar nicht erklären, wie teuflisch der Spaß ist, den ich daran habe. Wie eine stellvertretende Rache an allen, die mich in Deutschland argwöhnisch betrachten, weil ich dort das unerwünschte, nicht das entzückende Fremde der Urlaubstage bin.

Wenn mein Sohn endlich eingeschlafen war, versuchte ich, vom Lärm wegzukommen. Die laut knallenden Mopeds der Teenager*innen regten mich auf, die hupenden Autos, die rufenden Mütter. Darum wählte ich den einzig leisen Ort, den ich zu Fuß erreichen konnte. Wenn man vom Berg aus auf den Friedhof hinunterschaut, wirkt er wie das wohlgeordnete Aktenlager eines Riesen. Zeile um Zeile stehen die hellen Granitblöcke wie überdimensionale Schubladenschränke nebeneinander, in jeder Schublade ein vergangenes Leben. Der Friedhof ist nur am Eingang bepflanzt, dort, wo die eindrucksvolleren Kolumbarien der wohlhabenden Familien stehen. Deren hohe Gittertüren sind immer abgeschlossen, so konnte ich auf meinen Spaziergängen nur hineinlugen. Auf ihren Fronten ragen dieselben Namen wie auf den Ladengeschäften der Stadt: Deriu, Campus, Pischedda. Auf dem restlichen Friedhof sieht man Engels- und Marienfiguren aus Stein, bunte Heiligenbilder, Plastikblumen, LED-Kerzen. Die Urnen befinden sich hinter hellen Marmorplatten, auf denen man die Lebensdaten und Fotos der Verstorbenen sieht. Manchmal sind es Porträts, gelegentlich Schnappschüsse. Mit der Zeit habe ich mir die Gesichter gemerkt und zu manchen eine Geschichte erdacht. Filomenas Ehemann habe ich nicht finden können, dafür aber andere Menschen, von denen ich im Ort gehört hatte. Die Mutter eines Freundes, er hatte bis zu ihrem Tod bei ihr gewohnt, den Vater unserer Nachbarin mit der kleinen Tochter, den Sohn des Vorbesitzers unseres Hauses. Der Vater heißt Paulo und ist im gleichen Alter wie Filomena. Er und seine Frau leben heute ein wenig außerhalb der Stadt. Unsere Zeit auf Sardinien beginnt immer mit einem Besuch bei ihnen. Auch er lebte früher als in einer Fabrik arbeitender Gast in Deutschland. Wenn ich ihn danach frage, nennt er nur die Namen der Städte, die er kennt, und nickt dabei.

Bei unseren Besuchen sitzen wir auf einer langen Bank im Hof, Paulo reicht uns ein Getränk nach dem anderen und steht zwischendurch immer mal wieder auf, um etwas für uns zum Mitnehmen aus dem Garten zu holen – Zucchini, Auberginen, Zitronen, Tomaten. Bevor er mir Gemüse oder Früchte überreicht, fragt er mich kritisch, wie ich sie zubereiten werde. Er ist meistens unzufrieden mit meinen Antworten: Nein, man isst Salat nicht mit Zitronensaft, aus den Zitronen macht man *torta al limone* wie seine Ehefrau Gaitana. Und auch die Zucchini kommen nicht in den Salat, man darf sie nur in Olivenöl anbraten genauso wie die Auberginen. Ich muss immer wieder versprechen, dass ich mich an seine Anweisungen halten werde.

Das Haus habe ich nur einmal betreten. Es ist ein kleiner Bungalow mit zwei Zimmern. Gaitana führte mich durch alle Räume, und ich sagte anerkennende Worte über die Sauberkeit und die Dekoration. Auf dem Sofa im Wohnzimmer lagen zwei Kissen, bedruckt mit dem Bild ihres verstorbenen Sohnes. Gaitana deutete auf sie und sagte seinen Namen. Ich hätte sie in dem Moment gern in den Arm genommen, aber dafür ist sie nicht der Typ. Gaitana ist eine robuste Frau, oder, besser gesagt, sie glaubt wie alle sardischen Frauen, die ich kennengelernt habe, an eine innere Robustheit. Das Leben ist nicht leicht, *questo è tutto*. Ich habe selten ein so sauberes und ordentliches Haus gesehen, ich konnte mir gar nicht vorstellen, wie die beiden sich darin bewegen und ihrem Leben nachgehen. Sie sind sehr stolz auf ihr Zuhause und das wenige, was sie besitzen. Ihr gesamtes Leben steckt in diesem Haus, in das sie einzogen, als sie meinem Partner das andere verkauften, wo sie ihre Kinder aufgezogen hatten, von denen eines nun tot war und die anderen das alte Haus nicht übernehmen wollten.

Paulo hat gelegentlich Tränen in den Augen, wenn er über seine Kinder spricht und dabei an seinen verunglückten Sohn denken muss. Seine Augen sind wunderschöne blaue Schelme, die um ihre Strahlkraft wissen, selbst in ihrer Trauer. Paulo ist sehr zufrieden mit seinen Töchtern und den Schwiegersöhnen, aber der Verlust seines Jüngsten wiegt schwer.

Als Deutsche finde ich es etwas beschämend, dass ich erst nach Sardinien fahren musste, um einen ehemaligen

Gastarbeiter wie Paulo näher kennenzulernen. Und auch Filomenas Briefe wecken in mir große Scham, diese bürokratische Sprache, überhaupt die Tatsache, dass sie auf Deutsch verfasst sind. Warum ist es nicht möglich, solche Briefe in der Landessprache der Adressat*innen zu verschicken? Allein in Italien gibt es über 350 000 Menschen ohne deutschen Pass, die ein Anrecht auf eine Rente aus Deutschland haben. Filomena ist bloß eine von vielen, aber sicher nicht die Einzige, die keinen blassen Schimmer davon hat, was in den Briefen steht, die der deutsche Staat ihr schickt.

Das alles führt mir deutlich vor Augen, wie wenig Berührung es zwischen diesen Welten und Menschen gegeben hat. Wenn ich an meine Zeit auf Sardinien denke, dann fallen mir große und kleine Dinge ein, die sich dadurch verändert haben. Die Gespräche mit Filomena haben mir etwas über den Wert von Small Talk beigebracht, und Paulo hat mir eingetrichtert, wie man eine anständige Bolognese kocht. Ich würde heute keine Menschen mehr fotografieren, ohne sie vorher zu fragen; ich würde nie wieder romantisieren, was für andere Menschen Alltag ist.

Ich schätze, Paulo und auch Filomenas Ehemann waren aus anderen Gründen in Deutschland, als ich auf ihrer Insel bin. Sie wollten Geld verdienen, um ihr Leben auf Sardinien zu ermöglichen. Die Bundesrepublik Deutschland war damals im Wiederaufbau, sie musste wohl erst erkennen, was sie nicht mehr war und was sie von nun an sein wollte. Jetzt ist Deutschland also ein Land, das Menschen Briefe schickt, die selbst eine deutsche Diplomkulturwissenschaftlerin nur mit Mühe deuten kann.

Mich hat es in den Tagen nach Filomenas Besuch nicht losgelassen, dass sie mit dem zusammengefalteten Rentenbescheid wieder nach Hause gehen musste, ohne zu wissen, was darin stand. Ich besorgte ein paar mit Zuckerguss überzogene *papassinu* und suchte sie auf. Sie lachte verlegen, als ich sie bat, mir den Brief noch einmal zu zeigen. Das Gebäck wollte sie nicht annehmen, aber sie ging trotzdem in ihr Haus, um ihn zu holen. Dann saßen wir gemeinsam auf der Stufe und blickten auf den zerknitterten Brief in ihrer Hand. Letzten Endes haben wir herausgefunden, dass ihre Rente um die genannte Summe von unter zwei Euro erhöht wird. Das ist immerhin etwas.

NÄHRBODEN

Ich hatte angefangen, mich nach Macht zu sehnen, weil mir klargeworden war, dass die anderen sie die ganze Zeit besessen hatten; dass mein so genanntes Schicksal lediglich der Nachhall ihres Willens war.

Rachel Cusk

Ich wohne in einem Haus, das nicht mein Haus ist und in dem sich lauter Dinge befinden, die nicht meine Dinge sind: Suppenschüsseln in Entenform auf dem Bücherregal, ein Dutzend aussortierte Brillen in der Schreibtischschublade, drei zerbrochene Ferngläser an einem Wandhaken im Esszimmer, alte Bonbondosen mit unzähligen Knöpfen, die irgendwann von den Kleidungsstücken anderer Menschen abgefallen sind. Menschen, die vor mir hier lebten und die ich zum größten Teil nie kennengelernt habe.

Das Haus ist seit drei Generationen im Familienbesitz der schwedischen Großmutter meiner Kinder. Heute ist es ihr Haus, im Grunde ihr Museum, das sie ihrer Familiengeschichte gewidmet hat. Es ist ein großes Haus mit einem großen Garten, in dem Äpfel, Rosen, Himbeeren und Rote Bete wachsen. Im Frühling jagen sich dort Hasen, die im Herbst von Rebhühnern abgelöst werden. In den Monaten davor verstecken sie sich noch mit ihren Küken in den Hecken, aber wenn der Nachwuchs etwas größer ist, kommen sie heraus und picken gut getarnt im Gemüsebeet herum. Man bemerkt sie erst, wenn man sie aufschreckt, dann lösen sie sich lautstark aus der Landschaft, stets bemüht, dabei nicht den Zusammenhalt zu verlieren. Das Getöse des holprigen Balls aus erdfarbenen Körperchen erfüllt mich mit Glück, auch wenn es die endlosen kalten und dunklen Tage ankündigt.

Die Landschaft um das Haus herum ist flach und besteht hauptsächlich aus Äckern und Wiesen. Man kann meilenweit sehen, was kommt – und meistens kommt nichts. Nur gelegentlich, im Anschluss an eine Beerdigung in der Dorfkirche, spaziert jemand am Haus vorbei in Richtung Stora Alvaret, dem Kalkplateau, das zwei Gehminuten entfernt liegt. Das Dorf hat drei Straßen, von denen zwei dorthin führen. Zusammen mit der umliegenden Agrarlandschaft gehört es seit dem Jahr 2000 zum UNESCO-Weltnaturerbe. Das war sicher eine richtige Entscheidung des Komitees, auch wenn ich kaum etwas kenne, das weniger nach der Anerkennung des Menschen verlangt als diese Landschaft. Sie bietet keinen dramatischen Anblick, der einen sofort zu großen Gefühlen und Worten beflügelt. Mal feuchtes Sumpfland, mal trockene Heide und dazwischen Weideland für die Rinder der umliegenden Bauernhöfe, wirkt sie, als wären die Jahre, Jahrzehnte, Jahrhunderte spurlos an ihr vorübergezogen. Dinge wurden gesagt, getan, gehofft, und nun spielen sie keine Rolle mehr. Man kann hier in den Wind fluchen oder ein Geheimnis hinausschreien – es wird nichts passieren, außer dass ein paar Vögel aufgeschreckt hochflattern. Und Zeug*innen für das Geschrei gibt es nicht, selbst wenn sich ein Mensch in der Nähe aufhielte, wäre er achtsam genug, sich fernzuhalten, bis man sich wieder im Griff hat. So wie der Kalkboden es kaum erlaubt, dass etwas auf ihm wächst, erlauben die Menschen dieser Insel es nur sehr zögerlich, dass man mehr von ihnen sieht als eine karge Oberfläche. Aber die Stora Alvaret ist nur auf den ersten Blick karg.

Im Sommer wird die Insel vom Tourismus belebt, dann

stapfen unzählige Menschen mit ihren Ferngläsern und Stativen durch die Gegend und halten geduldig Ausschau nach den vielen Vogelarten, die es hier gibt. Immer wieder überlege ich, die kaputten Ferngläser im Wohnzimmer reparieren zu lassen und mich den Vogelbeobachter*innen anzuschließen. Von ihnen habe ich gelernt, in den Himmel zu blicken, die Töne um mich herum wahrzunehmen. Ich bin sicherlich keine ornithologische Spezialistin, aber ich weiß nun, wie es klingt, wenn Kraniche im Anflug sind, ich kann die nach Beute kreisenden Steinadler, Rotmilane und Bussarde auseinanderhalten und den Gesang von Lerchen und Amseln erkennen. Und ich habe eine Liebe für die ratlos herumwandelnden Fasane entwickelt, die im ersten Moment so würdevoll aussehen und nach ein paar Bewegungen bloß noch wie geschmückte Hühner wirken.

Auf Öland habe ich viele Dinge nachgeholt, die ich versäumt hatte, zum Beispiel die Jahreszeiten bewusst wahrzunehmen oder mich als Teil meiner Umgebung zu sehen. Auf dem Land kann man sich natürlich ebenso fremd fühlen wie in der Stadt, aber zumindest kommt die Welt der Pflanzen und Tiere ohne Flaggen und Nationalsprachen aus. Ein Rebhuhn ist ein Rebhuhn, sozusagen.

Im Herbst pflücke ich Hagebutten und Holunderbeeren, aus denen ich Gelee und Saft mache, und auch Wacholderbeeren, die ich für die Hühnersuppen verwende, die ich im Winter koche. Wofür man Wacholderbeeren sonst noch gebrauchen kann, weiß ich nicht, aber mir gefällt es, etwas zu tun, das Menschen an diesem Ort eben tun. Im Frühling und Sommer pflücke ich wilde Blumen, die ich in einer Vase auf den Küchentisch stelle. Von dort aus kann man auf das gegenüberliegende Feld blicken, wo während der warmen Monate zwei oder drei junge Bullen grasen. An einem Nachmittag im Spätherbst, wenn es schon dunkel ist, werden sie von einem Laster abgeholt. Erst durch die

Stille merke ich, wie sehr ich mich in den Wochen zuvor an ihr Brüllen gewöhnt habe.

Wenn die Routine zu erdrückend ist, schreibe ich in der Küche. Ich mag den alten dunklen Holztisch, der dort steht, auch wenn er für den Alltag mit Kindern zu klein und unpraktisch ist. Ständig bleiben in seinen vielen Ritzen Reste von Eierschalen und Knete, Salz und Staub stecken. Gelegentlich versuche ich, den gröbsten Schmutz mit einem Zahnstocher oder Messer herauszupulen, zum Beispiel wenn ich mit einem Text nicht weiterkomme. Einmal habe ich den Tisch mit Seifenlauge geschrubbt, danach war das Holz wesentlich heller. Ich vermute, dass die schwedischen Vorfahren meiner Kinder über Generationen hinweg Techniken und Methoden weitergereicht haben, um ihre Möbel und Gegenstände zu pflegen, mit ihnen zu leben. Bei mir ist das alles nicht angekommen, ich lebe bloß um die Möbel herum, in der Hoffnung, ihnen so wenig Schaden wie möglich zuzufügen.

Hinter dem Tisch mit den ausklappbaren Seiten, den ich als Schreibtisch nutze, ist das klassische schwedische Porzellan mit blauen asiatischen Fasanen von Gustavsberg ausgestellt. Wenn ich mit jemandem skype, sehe ich mich plötzlich vor dieser verstaubten Sammlung sitzen und rücke dann noch weiter weg von den Menschen, mit denen ich gerade spreche, tiefer hinein in ein fremdes Haus auf einer fremden Insel, in ein Leben, das sich fremd anfühlt. Manchmal stehe ich herum und versuche, die vielen Gegenstände, die mich in unterschiedlichen Lautstärken überwältigen, im Kopf zu ordnen, einzuordnen, wegzuordnen. So viele Gedanken über Möbelstücke, Gardinen, Sofabezüge und Teppiche musste ich mir noch nie zuvor machen. Was Hunderte Jahre alt ist, wiegt eben schwerer als sein tatsächliches Gewicht.

*

Die sentimentale Bindung von Menschen zu ihren Gegenständen und Orten beschäftigt mich oft. Es fällt mir schwer zu sagen, ob ich sie für den Halt, den ihnen dieses Gefühl gibt, beneide oder für die Begrenzung, die es mit sich bringt, bedauere. Dabei ist es gar nicht so wichtig, ob ihr Selbstverständnis auf Ursprung und Familiengeschichte, auf Tradition und Kontinuität ruht oder sie vornehmlich mit all dem hadern. Heimat als Vexierbild – mal dies und mal das und nie bloß das eine.

Die schwedische Großmutter meiner Kinder und ich, wir könnten Figuren in solch einem Vexierbild sein. Unsere Biographien sind genauso unterschiedlich wie unsere Persönlichkeiten. Wir sind uns in fast allem ein gegenseitiges Rätsel: Da, wo ich expansiv bin, geht sie ins Detail, wo ich laut werde, wird sie leise, wo ich nichts sehe, sieht sie alles. Während ich mich wie ein Kind freue, wenn frühmorgens ein Frettchen über die Steinmauer huscht oder Rehe nachts die heruntergefallenen Äpfel fressen, kann sie mit dieser Art der Landromantik nicht viel anfangen. Ihre Verbindung zu ihrem Geburtsort ist nur dann demonstrativ, wenn sie bei ihren Besuchen in der Großstadt Tüten mit den berühmten Öland-Kartoffeln und Zwiebeln dabeihat. Sie findet solch ein Mitbringsel praktisch, immerhin sind es die besten Kartoffeln und Zwiebeln Schwedens. Alle Beteiligten schweigen aus Respekt und Liebe.

Tatsächlich hat sie die meiste Zeit ihres Lebens nicht auf Öland, sondern in England und Italien verbracht, aber es ist, als wäre auch sie ein Gewächs dieses Bodens. Vermutlich führen wir aus diesem Grund auch den leidenschaftlichsten Kampf unserer Beziehung um die Frage nach Reis oder Kartoffeln: Sie schneidet mir Zeitungsartikel über den Arsengehalt von Reis aus, während ich mich darum drücke, Kartoffeln zu kochen. Wir haben uns einander nicht ausgesucht, aber meistens mögen wir die Herausforderung, einen Menschen so nah zu erleben, der sich ganz anders zur Welt verhält. Schließlich muss man das Rätsel des anderen nicht lösen, um ihn zu sehen.

Ich weiß, dass sie ihr Haus sehr liebt und vermisst, und ich fühle mich schuldig, dass ich darin wohne und es ganz und gar nicht liebe. Es ist ein biographischer Treppenwitz, dass ich als Mutter lebe, wie ich es mir als Kind ausgemalt habe, mit Garten und Treppe und Erbstücken, und mich davon erdrückt fühle. Man kann sich nicht einfach so in ein anderes Leben schmuggeln, auch wenn man ein Teil davon geworden ist so wie ich, die Mutter schwedischer Kinder.

Meine Söhne wissen nur sehr wenig über mein Leben vor ihnen, meinen Geburtsort und meine Muttersprache. Sie sind noch zu jung, um sich dafür zu interessieren, weshalb Länder verschiedene Namen tragen und Menschen unterschiedlich aussehen. Sie singen die Kinderlieder, die man ihnen beibringt, und feiern die Feiertage, die sie in der Schule und zu Hause kennenlernen. Es sind zum größten Teil dieselben, die auch die Kindheit ihres Vaters und ihrer schwedischen Großeltern geprägt haben. Ich fühle keine Konkurrenz, weil ich ohnehin keinen Zugriff auf die Lieder und Feiertage meiner Kindheit habe. Der Ort, an dem ich geboren wurde, und die Sprache, die ich als erste lernte, haben nicht viel mit der Mutter zu tun, die ich heute bin.

Gelegentlich habe ich den Eindruck, diese beiden kleinen Menschen sehen in mir eine Oase, eine unversiegbare Quelle, die ihnen ganz selbstverständlich ausreichend Nahrung und Schatten liefert und sie vor der Wüste, die sie umgibt, schützt. Ich möchte gern diese Oase für sie sein, aber ich existiere auch jenseits meiner Pflicht für sie. Ich frage mich, woraus diese Quelle besteht und ob sie ausreicht, um andere dauerhaft nähren und schützen zu können.

Hätte das Haus ein Bewusstsein und die Fähigkeit, sich zu erinnern, käme ihm das alles bekannt vor. »Du bist keine Ausnahme«, würde es mir zuflüstern. Doch das Bewusstsein habe nur ich, selbst wenn die Erinnerungen, die in diesem Haus zu finden sind, nicht mir gehören. Ich spüre nicht die Präsenz der Frauen, die hier vor mir gelebt haben, ich glaube nicht an gefangene Seelen und heimgesuchte Zimmer. Aber ihre eingerahmten Gesichter hängen überall an den Wänden, in gewisser Weise sind sie also doch hier bei mir.

*

An der Wand neben meinem Schreibtisch hängt ein Foto von Dominika, die noch junge, unverheiratete Ururgroßmutter meiner Kinder. Sie sitzt mit Verwandten an einem gedeckten Kaffeetisch im Garten, alle sind weiß gekleidet. Sie ist die Einzige auf dem Bild, die nicht in die Kamera schaut, sondern den Blick in die Ferne richtet. Sie wirkt auf mich sinnlich, kompliziert, stolz. Ihr Kleid ist festlich, bedeckt, typisch für die Jahrhundertwende, den Körper von Hals bis Fuß. Sie hat die Haare hochgesteckt und hält eine weiße Blume in ihren Händen, die in ihrem Schoß ruhen. Das Haus im Hintergrund ist ein anderes als dieses, in dem ich gerade sitze und schreibe. Es steht eine Straße weiter und gehört ebenso wie der dazugehörige Bauernhof nicht mehr zum Familienbesitz. Einer von vielen Verlusten.

Dominika wirkt wie eine Explosion, kurz bevor die Energie freigesetzt wird. Noch hört keiner den Knall, sieht keiner das Feuer, aber es ist da, als Ahnung, als Glut. Sie ist weder zierlich noch zart, ihre Schönheit pocht und fordert und greift an. Ich stelle mir vor, wie sie sich bei Kaffee und Kuchen mit den steif dasitzenden Verwandten ihren Träumen hingibt, sich vielleicht ausmalt, eine glamouröse Zarentochter zu sein oder eine moderne Studentin in der Hauptstadt. Aber das sind die Färbungen meiner eigenen Sehnsüchte, die sich mir aufdrängen, wenn ich vor dem Bild stehe und darüber rätsele, wer diese Frau war, die vor mir hier lebte.

Um 1900, kurz nachdem das Foto aufgenommen wurde, heiratete Dominika den jungen Bauerssohn Efraim, zwei Menschen mit ungewöhnlichen Namen, die zu groß klingen für das Dorf mit gerade einmal siebzig Einwohnern. Viele waren ausgewandert in den Jahrzehnten davor, insbesondere nach Amerika. In ganz Schweden herrschten Armut und Hungersnot, aber die Krise hatte Öland, das auf den Getreidehandel angewiesen war, besonders hart getroffen. Das Leben auf dem großen Hof wird also nicht leicht gewesen sein, aber Dominika und Efraim kamen über die Runden und konnten Kinder in die Welt setzen, eine Tochter und einen Sohn.

Von Efraim hängt ebenfalls ein Foto aus der Zeit vor der Hochzeit im Haus, es wurde 1896 während seines Militärdienstes aufgenommen. Darauf stellt er mit anderen jungen Männern in Militäruniform eine scherzhafte Szene nach, vielleicht eine Pause am Rande eines Kriegsschauplatzes. Einer der Männer trägt eine Schürze und hält eine Suppenkelle hoch, ein anderer schneidet Scheiben von einem großen Brotlaib, den er gegen seinen Bauch presst. Ein weiterer mit Bart und Abzeichen überreicht dem jüngsten in der Gruppe demonstrativ ein Dokument, das vielleicht eine Karte sein könnte. Efraim sitzt am Tisch und schenkt sich etwas aus einer Flasche ein. Er hat weiche Gesichtszüge und helle Augen, die ein wenig verspielt und abgelenkt wirken. Ebenso wie Dominika fällt er aus der Gruppe heraus, auch sein Blick ist in die Ferne gerichtet.

Wenn ich mir diese beiden verträumten jungen Menschen auf den Fotos ansehe, kann ich nicht anders, als darüber zu phantasieren, dass sie ganz andere Leben vor sich hatten als jene, die sie schließlich lebten. Ich wünsche ihnen so sehr, dass sie dem entwachsen, das sie hervorbracht hat. Ihr Verlangen hat sie im Stich gelassen, oder vielleicht haben sie ihr Verlangen im Stich gelassen, das ist schwer zu sagen.

Ich spaziere oft an ihren damaligen Feldern vorbei, man kann von dort aus das Meer und Kalmar, die nächstgelegene Stadt auf dem Festland, sehen. Ihr Haus befand sich also zwischen der Zeitlosigkeit der Kalklandschaft auf der einen und dem fruchtbaren Boden ihrer Felder und der sich wandelnden Stadt auf der anderen Seite. Ich frage mich, welchen Ausblick Dominika lieber mochte. Damals waren die Felder noch keine mit Pestiziden vollgesprühten Monokulturen, und es gab auch die Ölandbrücke noch nicht, die 1972 eröffnet wurde und es heute so leicht macht, von der Insel zum Festland zu gelangen. Wenn Dominika also über das Meer schaute, blickte sie über gesunde Felder hinüber auf ein fernes Leben. Ich glaube nicht, dass sie allzu oft die Fähre zum Festland nahm. Ich habe die Möglichkeit, die Brücke zu nutzen und in zwanzig Minuten in Kalmar zu sein, und trotzdem fühle ich mich oft isoliert und fernab von der Welt. Vermutlich weil ich mich noch immer nicht daran gewöhnt habe, aus dem Haus zu treten und nicht sofort Teil des Stadttumultes zu sein. Mir fehlt es, nicht zu wissen, wer und was mir begegnen wird. In gewisser Weise komme ich mir in dieser stillen Landschaft häufiger abhanden als in der Stadt, die Ablenkung und Reibung liefert, Gesichter anderer Menschen, die mich anlächeln oder mir böse Blicke zuwerfen und damit zumindest honorieren, dass ich existiere.

Wie Dominika das wohl empfand, die nicht herzog, sondern schon immer an diesem Ort lebte? Ich hätte es gern erfahren, weil ich mir vorstelle, damit eine weitere Facette der Frage nach den inneren und äußeren Bedingungen des Fremdseins und des Zuhauseseins zu entdecken. In meiner eigenen Familie kann ich nicht nach ihnen suchen, ich wurde in meine Familie hineingeboren, als ihr Fremdsein bereits besiegelt war. Es gab kein Zuhause mehr, zumindest keines, durch das ich hätte spazieren können. Wo läge es überhaupt, in Kirkuk oder Teheran? Fast jede Familie hat ihr eigenes, über Generationen weitergereichtes Schweigen, das gilt für meine persische Familie ebenso wie für meine schwedische.

Ich weiß also nur wenig über Dominika und Efraim, etwa ob sie glückliche Momente hatten, bevor die unglücklichen sich häuften. Sie sollen viel gestritten haben, weil sich Efraim zu häufig mit den Helfern auf dem Bauernhof betrank. Ich habe diese Geschichte zweimal gehört, und beide Male schwang mit, dass Dominika unzufrieden und harsch gewesen sei. Das ist die Schuld, die Frauen oft zugesprochen wird, sich nicht einfach hinzugeben, zufriedenzugeben. Vielleicht war sie sogar an jenem Tag harsch, als die beiden auf der Veranda standen. Dominika war zum zweiten Mal schwanger. Welche Jahreszeit wohl gerade war? Efraim nahm sein Gewehr, ging ein paar Schritte ins Feld und schoss sich in den Kopf. So lautet eine Version der Geschichte. In der anderen wurde er im Keller gefunden. Er war nicht der erste und nicht der letzte Bauer, der sich hier das Leben nahm. Die Frauen sind immer geblieben.

Einige Jahre danach wurde das zweite Foto von Dominika, das im Haus hängt, aufgenommen. Es ist ein Gruppenfoto auf derselben Veranda. Dominika sitzt mit ihrer Tochter auf der Treppe vor dem Hauseingang, der von dichtem Efeu umrahmt ist. Hinter ihnen stehen Dominikas Sohn in einem Matrosenkostüm und ein junger Untermieter, der einen dunklen Anzug und eine Art Kapitänsmütze trägt.

Die Kinder sind auf dem Bild kaum älter als zehn. Dominikas Mutter ist ebenfalls zu sehen, sie sitzt rechts von der Gruppe auf einem Stuhl, ein faltiges Gesicht ohne Zähne. Dominika schaut missbilligend in die Kamera, ihre Mundwinkel hängen demonstrativ nach unten, als bemühte sie sich, jedes Anzeichen von Lebenswillen aus ihrem Gesicht zu tilgen. Ihre Glut ist zu Zorn geworden.

Über die Jahre, die ich diese Fotografien nun kenne, haben sie ihre Wirkung auf mich verändert. Als ich das erste Mal dieses Haus betrat, entsprach mein Alter und Lebensgefühl eher dem der jungen Dominika. Ich fing an, mein Frausein befreiter zu erleben, körperlich und geistig. Ich war verliebt, hatte zum ersten Mal Sex, der Lust und nicht Pflicht war, lebte in der Großstadt und hatte gerade mein Studium beendet. Ich wusste von dem Zorn, der sich in das Gesicht der älteren Dominika gezeichnet hatte, weil ich ihn von den Frauengesichtern meiner Familie kannte. Damals dachte ich noch, ich würde anders leben und lieben, anders sorgen und umsorgt werden und die Zornesfalte, die sie alle zeichnete, nicht erben. Aber das Haus flüstert mir zu: »Du bist keine Ausnahme«, und wirft sie mir im Badezimmerspiegel entgegen.

Normen verändern sich, und Verhältnisse werden besser, ich lebe ein anderes Leben als Dominika und die anderen Frauen, die mit diesem Haus und meinem Leben verbunden sind. Und doch wird an jedem Ort und zu jeder Zeit von Mädchen und Frauen verlangt, etwas zu erfüllen, das mehr als nur ihnen selbst entspricht. Wir werden genährt, um später zu nähren.

Zu Dominikas Zeit hat man vermutlich noch nicht einmal erwartet, dass Frauen an ihrem eigenen Leben teilnahmen und glücklich waren. Heute wirkt Glück wie das zentrale Gebot. Frauen sollen Mütter werden, und Mütter sollen Glück und Erfüllung empfinden und sich selbst dabei aber nicht im Stich lassen. Darin steckt kaum eine Veränderung, denn das heutige »Du hast es in der Hand, nicht zum Opfer zu werden« ist nur eine Variation von »Du hast dich aufzuopfern«. Beides zielt darauf ab, Mütter in einsames Schweigen zu drängen. Entweder ist die Aufopferung mütterliche Pflicht oder mütterliches Verschulden, aber die Bürde trägt die Mutter allein. Sie soll zu jeder Zeit verfügbar sein, sowohl für ihre Familie wie auch für die Gesellschaft, die sie mit Ratschlägen und Maßregelungen, Normen und Idealen in die Erschöpfung treibt, ohne auf ihre Belange und Begierden zu schauen. Das ist das Paradoxon der Mutterschaft: über Leben und Körper nicht frei verfügen zu dürfen und dennoch allein gelassen zu werden. Mütter sollen schweigen und sich dafür schämen, mehr fühlen zu wollen als Mutterliebe, dieses komplizierte Gefühl. Es wird gesellschaftlich so stark sentimentalisiert, dass es nicht nur Kindern und Müttern schadet, sondern jeder Person, die Kinder zur Welt bringen könnte und es nicht tut oder die es möchte und nicht kann. Uns allen.

*

Meine Großmutter Daisy hatte vier Töchter und einen Sohn, meine Mutter war das Nesthäkchen. Als Jugendliche zog sie vom Elternhaus in das Haus ihres Ehemannes, der älter war als sie und den ihre Familie für sie ausgesucht hatte. Sie wohnten in einem assyrischen Viertel der nordirakischen Stadt Kirkuk, die Mädchen gingen auf eine von Nonnen geleitete Schule, wo die Kinder noch gezüchtigt wurden. Wann und warum meine persischstämmige Familie im Nordirak landete, weiß ich nicht, aber so ist das in Babylonien und Mesopotamien eben. Assyrer leben seit Tausenden Jahren im nördlichen Irak und im nordwestlichen Iran, gehören seit dem 4. Jahrhundert dem

Christentum an und sind die älteste indigene Gemeinschaft der Region, allerdings weder ethnisch noch religiös homogen.

Meine Großmutter verdiente etwas Geld als Schneiderin und mit Selbstgemachtem, unter anderem Wein. Das Traubenstampfen war ein Highlight für die Kinder, sie sprangen gemeinsam mit ihren kleinen Füßen in den großen Behältern herum und zerquetschten die Früchte. Die wenigen Szenen, die ich aus Erzählungen über diese Zeit kenne, habe ich in meinem Kopf wie in einem Fellini-Film bebildert: Die Kleineren laufen umher und denken sich Streiche aus, die Jugendlichen putzen sich heraus und schleichen an den Erwachsenen vorbei zu ihren geheimen Verabredungen. Die Mädchen kichern und fluchen, während sie sich gegenseitig die Locken glatt bügeln; sie nähen sich Miniröcke, die sie untereinander austauschen, je nachdem, welche von ihnen gerade ihren Schwarm beeindrucken möchte. Die Jungs schmieren sich Pomade ins Haar und laufen ihren Freunden auf den Motorrädern hinterher. Alle sitzen abends auf den flachen Dächern, hören Musik, essen Sommerfrüchte und blättern durch Zeitschriften und Bücher, erzählen sich Klatsch und Tratsch. Der Priester stattet seinen Besuch jedes Mal wie zufällig zum Abendessen ab und setzt sich ganz selbstverständlich mit an den Tisch. Wie dieses Leben länger als die Spielzeit eines Films ausgesehen haben könnte, wie der Alltag wirklich war, davon habe ich keine Vorstellung. Um die Anekdoten herum ist weißes Rauschen, weil ich die Orte und die meisten Menschen darin nicht kennengelernt habe.

Von meinen Großeltern lernte ich nur sie kennen, die Mutter meiner Mutter. Als sie den Iran verließ, zog sie zu der jüngeren ihrer beiden in Schottland lebenden Töchter, um im Haushalt und mit den Enkelkindern zu helfen. Das war über Jahre Anlass für Neid und Streit zwischen meinen

Tanten, die im Iran eine Doppelhochzeit mit schottischen Männern gefeiert hatten und nun nur wenige Straßen voneinander entfernt lebten.

Ich erinnere mich an meine Großmutter als eine stille Frau, was aber auch daran liegen mag, dass wir keine gemeinsame Sprache hatten. Sie konnte nur sehr gebrochen Englisch, und auch wenn ich körperlich auf Assyrisch, ihre bevorzugte Sprache, reagierte, verstand ich die Bedeutung der Sätze nicht. Für mich ist Assyrisch eine weibliche Sprache, die Sprache der Frauen meiner Familie. Ich tauchte in ihre langen Gespräche ein, ließ mich von den vertrauten kehligen Lauten umhüllen und versuchte zu erraten, worum es ging. Ich wünschte, ich hätte meinen Kindern gegenüber *ana khlapa*, was »mein Liebling« bedeutet, etabliert, aber ich nenne sie »mein Mäuschen« oder »mein Schatz«, und vielleicht gibt ihnen das genauso ein warmes Gefühl, wie ich es damals bei assyrischen und persischen Kosenamen hatte. Mein älterer Sohn spricht kaum noch Deutsch, eine Erfahrung, die ihn hoffentlich weniger beschäftigen wird als mich, als ich merkte, dass mein Farsi von Jahr zu Jahr verkümmerte. Trotzdem habe ich mit meiner Großmutter vermutlich eine Mischung aus Englisch und Farsi gesprochen, seltsamerweise erinnere ich mich nicht daran, wie ihre Worte zu mir drangen und mich gelegentlich einschüchterten. Denn ihre Stille und Anspruchslosigkeit bedeuteten nicht, dass sie nicht hart und streng sein konnte. Selbst ihrem Lieblingsenkel füllte sie einmal Pfeffer in den Mund als Strafe dafür, dass er Süßigkeiten aus der Vorratskammer geklaut hatte. Sie hielt ihm dabei die Nase zu und ließ sich nicht von seinem Gewimmer beeindrucken, als er im Anschluss am Küchentisch sitzen musste, ohne etwas trinken zu dürfen. Ich kannte einige noch grausamere Geschichten aus der Kindheit meiner Mutter, die ich immer im Hinterkopf hatte, wenn ich mit meiner Großmutter zusammen war. Als sie noch im Irak lebte, war sie sehr unglücklich in ihrer Ehe und bestritt einen Wettkampf mit ihrem Mann, meinem Großvater. Beispielsweise in der Küche, wenn beide ein Gericht kochten und die Kinder vor die Wahl stellten: »Wen liebt ihr mehr?«

Meine Großmutter war nicht sanft und nicht kuschelig, sie suchte keine körperliche Nähe und umarmte ihre Kinder und Enkelkinder so gut wie nie. Ihre Beziehung zu meinen Cousinen und Cousins war enger und vertrauter als zu mir, immerhin lebten sie unter einem Dach, während ich nur zu Besuch kam, meist in den Sommerferien und manchmal zu Weihnachten. Oft flog ich alleine nach Schottland, dann hatte ich eine Brusttasche um den Hals hängen, in der sich mein Ausweis und mein Flugticket befanden. Als unbegleitetes Kind kümmerten sich immer Stewardessen um mich, die ich alle so schön und freundlich fand und die mir das Gefühl gaben, ein richtiges, ein normales Mädchen zu sein. Meiner Großmutter missfiel ich, was mir einleuchtete, weil ich mir selbst auch missfiel. Sie beschwerte sich oft bei meiner Mutter über mich, darüber, wie ich aß oder dasaß oder sprach. Vielleicht gefiel ich ihr einfach nicht, oder sie konnte mich nicht annehmen, weil sie meinen Vater, den Muslim, als Schwiegersohn ablehnte. Es mag aber auch bloß an unserer räumlichen Distanz gelegen haben.

Wie sehr sie emotionale Bindungen empfand und zuließ, kann ich nicht beurteilen. Sie schien keine eigenen Freundinnen zu haben und ging auch nicht alleine aus dem Haus. In ihrer freien Zeit saß sie auf dem Sofa, häkelte und sah dabei fern. Meistens aber blätterte sie in ihrer assyrischen Bibel, die sie kaum lesen konnte, oder flüsterte mit geschlossenen Augen ein Gebet, während sie einen ihrer vielen Rosenkränze in der Hand hielt. Ich erinnere mich an einen aus Rosenquarz, den ich immer bewunderte und gern besessen hätte. Sie trug selbst im Haus ein Kopftuch und zeigte so gut wie nie Haut. Sie hatte aber die zarteste Haut, die ich je berührt habe, und roch ganz wunderbar nach Puder und Weihrauch.

Nach dem Duschen hatte sie ein kleines Ritual, sie legte sich für ein paar Minuten im Bademantel unter die Bettdecke und döste. Dann durfte eines der Enkelkinder sich zu ihr legen, neben ihren dampfenden Körper, ihr rasendes Herz. Sie wirkte so alt, dabei war sie kaum sechzig. Sie war so weich und warm, sich zu ihr legen zu dürfen, war ein Ritterschlag. Versteckt an einem magischen, geheimnisvollen Ort, zu dem ich nur ein einziges Mal zugelassen wurde. Irgendwann stand sie stöhnend auf, hüllte sich in eine Wolke von Talkpuder, bevor sie sich anzog und den Weihrauch anzündete. Das Tütchen mit den honigfarbenen Steinen, das sie in ihrem Kleiderschrank aufbewahrte, kam mir wie ein Schatz vor. Meiner Vorstellung nach hatte sie diese raren Steine noch »von dort« mitgebracht, sie kamen direkt von Jesus, von dem ich wusste, dass er Assyrer war, weil meine Tante es mir erzählt hatte. Ich war sehr beeindruckt, dass meine Großmutter etwas so Heiliges wie diese Steinchen besaß, weshalb ich immer um ihren Vorrat bangte, wenn sie welche auf einem Stück Räucherkohle anzündete. Und obwohl sie das sehr oft tat, verlor das Ritual niemals seine erhabene Wirkung auf mich. Wenn ich heute eine katholische Kirche betrete, überwältigt mich das Gefühl von damals, das Vermissen einer unbekannten Ursprünglichkeit.

Vor kurzem schenkte mir eine Freundin ein kleine Dose mit Weihrauch aus Sanaag in Somaliland. Ich wage es kaum, ihn anzuzünden, weil ich nicht weiß, wann ich je wieder welchen besitzen werde. Er ist nicht ganz so rar, wie ich es mir als Kind vorstellte, aber immerhin wächst der Weihrauchbaum nur in wenigen Trockengebieten der Erde. Landschaften, die als unproduktiv gelten, bringen manchmal Erstaunliches hervor.

Die letzten Monate ihres Lebens verbrachte meine Großmutter bei uns in Deutschland. Es hatte sich ein Familienstreit entwickelt, in dem meine Großmutter zum Verhandlungsgegenstand wurde. Sie hatte bereits beide Brüste abgenommen bekommen und trug einen BH mit sehr großen Silikoneinlagen. In ihrer Lunge hatten sich Metastasen gebildet, sie war sehr dünn und krank. Eines Abends waren wir alleine zu Hause, sie hatte etwas gekocht, und wir schauten gemeinsam Fernsehen. Meine Großmutter sah besonders gern Wrestling und war ein großer Fan von Hulk Hogan, ich mochte lieber den Undertaker. Im Anschluss lief Hitchcocks *Frenzy*, und meine schamhafte Großmutter kicherte jedes Mal, wenn wieder eine nackte Frauenleiche auftauchte. Sie hatte Spaß, und ich hatte auch Spaß, einfach nur so neben ihr sitzen zu dürfen.

Als sie starb, war ich vor allem erleichtert, auch wenn mir meine Mutter sehr leidtat. Die altmodische Brille meiner Großmutter und einen ihrer weißen Rosenkränze legte ich in eine kleine Schatulle, die ich mitnahm, als ich einige Monate später ins Internat zog.

*

Wenn ich die Fotos von Dominika anschaue, denke ich auch an meine Großmutter, von der es sehr ähnliche Bilder gibt. Eine junge Frau mit herausforderndem Blick, eine gebrochene Alte. Was zwischen den Aufnahmen liegt, wer diese Frauen waren und was sie sein wollten, bleibt zu erahnen. Ihre Lebenswege sagen jedenfalls nur wenig über sie. Es gibt so viele Frauen, die nicht viel Raum für sich haben, weshalb sie wohl auch anderen nicht viel Raum gestatten.

Menschen werden älter und erfahren Enttäuschungen, erleben Rückschläge und Verluste, die glücklichen unter ihnen sind am Ende dankbar, nicht zum Ikarus geworden zu sein. Doch es gibt mehr als den vermessenen Griff nach der Sonne, den sich nicht alle leisten können. Das sind jene, die das Brennen im Innern haben.

Doris Lessing, von der immer wieder behauptet wird, sie habe ihre Kinder für die Schriftstellerei im Stich gelassen, beschreibt in ihrem Roman *Das Goldene Notizbuch* dieses Brennen, den Zorn als eine Art Krankheit, wobei sie zugleich erklärt, dass es weder Zufall noch Schicksal ist, dass uns diese Krankheit erfasst:

> Dies ist die Krankheit der Frauen in unserer Zeit. Ich kann sie täglich in den Frauengesichtern, in ihren Stimmen oder in den Briefen, die ins Büro kommen, entdecken. Die Emotion der Frau: Erbitterung über Ungerechtigkeit, ein unpersönliches Gift. Die Unglücklichen, die nicht wissen, dass sie unpersönlich ist, richten sie gegen ihre Männer. Die Glücklichen, wie ich – bekämpfen sie. Es ist ein ermüdender Kampf.

Vom Zorn ermüdete Frauen, über Generationen hinweg gefangen im Teufelskreis der Unfreiheit. Sie sind keine Ausnahme.

Von mir gibt es noch keine Fotografie, die meine Zornesfalte zeigt, ich bin noch jung genug. Aber die Jahre in diesem Haus haben mir einiges abverlangt, mich müde gemacht. Ich lebe hier, weil wir uns nach der Geburt des zweiten Kindes die Miete in Lund nicht mehr leisten konnten, wohin wir gezogen waren, weil wir uns nach der Geburt des ersten Kindes die Miete in Berlin nicht mehr leisten konnten. Aus diesem Grund ist eine achtzigjährige

Frau, Mutter von vier erwachsenen Kindern, aus ihrem geliebten Haus ausgezogen. Sie wollte ihrem Sohn und ihren Enkeln ein Dach über dem Kopf bieten. Für sich selbst hat sie selten etwas gefordert, sie ist mit ihrem Ehemann mitgereist, wohin er wollte, und hat das Leben gelebt, das er wählte. Ich wünsche ihr, dass sie bald wieder in ihr Haus ziehen kann, dort, wo sie ein Mädchen war.

Wie leicht es fällt, Frauen zu verurteilen oder abzutun, für ihre Passivität oder ihre Unzufriedenheit. Aber es ist so schwer, für andere da zu sein, wenn man nicht weiß, wo man selbst ist. Wie an andere Menschen gebunden sein, für sie Verantwortung übernehmen, sie nähren und dabei gegen dieses innere Brennen ankämpfen, wenn man kaum etwas hat, aus dem man schöpfen kann? Man muss die Grausamkeiten nicht verzeihen, man kann es vielleicht gar nicht. Aber man kann versuchen, sich selbst in anderen zu erkennen. Man kann sich trauen, durch das Schweigen zu laufen wie durch einen weichen Schleier. Vielleicht landet man dann bei seinem eigenen Willen. Und bei den Menschen um einen herum.

WACHSEN

Die Politik ist ein fiktionaler Text, unsere Körper sind die Bücher, in die er gedruckt wird. Die Politik ist ein fiktionaler Text, kollektiv geschrieben, mit unserem Blut als Tinte.

Paul B. Preciado

Ich wurde mit zweiunddreißig zum ersten Mal schwanger und brachte das Kind in Berlin zur Welt. Meine Beziehung war nur ein paar Monate alt, aber es fühlte sich zum ersten Mal tief an, verbindlich und ohne Zweifel. Wir hatten nicht explizit über Kinder gesprochen, aber uns war bewusst, dass wir nicht mehr alles taten, damit ich nicht schwanger werden würde. Ich wunderte mich dabei ein wenig über mich selbst, aber anscheinend nicht genug, um mein Verhalten zu ändern.

Wenige Jahre zuvor hatte ich in einer Diskussion mit meiner Mutter noch eine klarere Position zum Thema Schwangerschaften. Als sie mir erzählte, dass die Tochter einer Bekannten ein Kind erwarte, war meine Reaktion ein mitleidvolles: »Oh, die Arme!« Meine Mutter war irritiert und erklärte mir, dass es eine schöne Nachricht sei. Ich war noch Studentin und hatte deutlich die Ermahnungen in Erinnerung, Schwangerschaften unter allen Umständen zu vermeiden. Meine erste Frauenärztin hatte mir mit vierzehn Jahren die Pille verschrieben, und in allen Situationen, die man als Aufklärung bezeichnen konnte, wurde mir vermittelt, dass ich bloß keine Katastrophen anrichten und sehr gut aufpassen sollte. Ich war aber wohl nun in einem Alter, in dem das plötzlich kein absolut zu vermeidender Zustand mehr war.

Dennoch hatte ich bis zu dem Moment, als ich schwanger wurde, nicht weiter darüber nachgedacht. Der ohnehin schreckliche Begriff »Familienplanung« klingt also in meinem Fall noch schräger. Ich habe nicht geplant, Kinder zu kriegen oder die Verantwortung für eine Familie zu übernehmen. Ich kannte keine anderen Eltern in meinem Alter und hatte schlicht keine Vorstellung davon, was in so einem Fall auf mich zukommen würde. Ich wusste, dass andere Menschen sich viele Gedanken darüber machten, dass manche unter keinen Umständen Kinder haben wollten, während andere sich nach ihnen sehnten. Ich konnte schöne Seiten und auch nicht so schöne Seiten daran erkennen, für Kinder verantwortlich zu sein. Ich sah keine Notwendigkeit, mich zu entscheiden, es war zu abstrakt.

Mein Partner und ich verbrachten zum ersten Mal Weihnachten gemeinsam in Schweden und lachten darüber, dass wir im Haus seiner Eltern so unvernünftig waren. Als ich einige Wochen später in Berlin den Schwangerschaftstest machte, saßen wir in der Küche. Als Erstes fiel mir ein, dass ich nun vermutlich nicht so bald nach Indien reisen würde. Ich war plötzlich sehr nervös und wünschte, ich hätte mir doch ein paar mehr Gedanken über das alles gemacht. Mein Partner nahm diesen nervösen Zustand als Zweifel und Zurückweisung wahr. Anders als für ihn war es für mich vom ersten Moment an eine konkrete, körperliche Erfahrung. Meine erste Reaktion galt dem physischen Erlebnis, nicht so sehr dem emotionalen Rahmen. Wir stritten uns, und ich ging in ein Café um die Ecke. Damals saß ich noch täglich in Cafés. Mir war sofort bewusst, dass das bald nicht mehr der Fall sein würde.

Ich würde Mutter sein und mit einem Kind und seinem

Vater zusammenleben. Nach ein paar Tagen hatte ich beim Gedanken daran noch immer etwas Sorge, aber vor allem zärtliche Gefühle. Ich hatte zum ersten Mal den Eindruck, dass ich mich sehr leicht in etwas Konventionelles einfügen können würde. Es wirkte wie eine Bestätigung, dass ich doch ein bisschen kann, was andere so können.

Ich war eine gestresste Schwangere. Mir fiel anfangs das Essen sehr schwer, weshalb mich kontinuierlich der Gedanke an Nährstoffe plagte. In dieser Zeit saß ich oft weinend vor einem Teller Spaghetti mit Butter, weil es das Einzige war, das ich runterwürgen konnte. Ich versuchte, alles richtig zu machen, und war auf jegliche Prozesse und Veränderungen meines Körpers fokussiert. Anfangs hatte ich große Probleme mit Blasenentzündungen und meinem vaginalen pH-Wert. Meine Gynäkologin sagte daraufhin, dass ich meinen Bakterienhaushalt in den Griff kriegen müsse, wenn ich das Kind nicht verlieren wolle. Ich hatte also einen weiteren Anlass, viel zu weinen und mich schuldig zu fühlen. Ich maß täglich meinen pH-Wert, kaufte mir Zäpfchen mit Milchsäurebakterien, aß mehr Joghurt, als mir lieb war.

Nach dem ersten Trimester wurde es besser. Ich konnte wieder essen, mein pH-Wert regulierte sich, und das Weinen nahm ab. Ich fühlte mich schön und glücklich. Im Laufe des zweiten Trimesters fing mein Körper allerdings an, mehr Wasser zu speichern, als er sollte. Ich hatte plötzlich Probleme mit meinen Händen, konnte Sachen nicht mehr festhalten. Meine Arme wurden ebenfalls schwer, sodass ich mir nicht mehr ohne Hilfe die Haare waschen konnte. Außerdem gaben meine Beine manchmal nach, vor allem beim Hinabsteigen von Treppen. Ich stürzte mehrmals, was mich sehr verunsicherte. Gleichzeitig wurde ich mit jeder Woche entschiedener. Ich würde alles tun, um das, was in meinem Körper passierte, zu ermöglichen.

Zu dem Gefühl, mich nicht mehr vollständig auf diesen Körper verlassen zu können, kam hinzu, dass er zu einem Objekt ständiger Beobachtung und zahlreichen Kommentaren ausgesetzt wurde. Ich hatte in mehrfacher Hinsicht die Kontrolle über ihn verloren. Ich wurde ungefragt angefasst, ich wurde nach meinem Gewicht und meinen organischen Prozessen gefragt, ich wurde darüber aufgeklärt, was andere Personen für gut und richtig für meinen Körper erachteten. Es ging nicht mehr um mich als Individuum, sondern um die sich in mir abspielenden Vorgänge, die anscheinend nicht mehr nur meine Angelegenheit waren. Ich durfte ein bisschen jammern, musste dabei aber auch mein Glück beteuern und immer wieder demonstrieren, dass ich mir der bedeutsamen Rolle als lebensspendendes Gefäß bewusst war.

Ich selbst kam mir vor allem vor wie ein schwerfälliger Wassermensch, eingeschlossen in einem sich kontinuierlich verändernden und sich mir entziehenden Körper. Er gehörte jetzt einem anderen Wesen, von dem ich nichts wusste, außer dass sich seine Zellen wie vorgesehen entwickelten. Auf den Ultraschallbildern sah ich weiß-graue Felder und darin ein schnell pochendes Feld, auf das ich immer hinfieberte. Ich wollte dieses Pochen immer hören können. Dennoch fühlte sich mein Zustand unwirklich an. Ich fühlte mich bei diesen Untersuchungen dazu genötigt, so zu tun, als baute ich ein Verhältnis zu dieser Gestalt auf, als hätte ich verstanden, dass sie sich bald aus mir heraus- und für immer in mein Leben hineinbewegen würde. In gewisser Weise war die erste Schwangerschaft für mich wie ein monatelanger Jetztmoment, bei dem ich weder ein Davor noch ein Danach visualisieren konnte.

Die Geburt war ein unangenehmer Prozess und endete damit, dass die Ärztin sich im Kreißsaal dreimal mit aller Kraft auf meinen Brustkorb warf und versuchte, den

Säugling wie aus einer Zahnpastatube herauszudrücken. Als er halb aus mir herausschaute, mit dem Gesicht zur Decke, beugte ich mich so weit wie möglich nach vorne. Ich hatte noch eine Passage aus einem Ratgeber im Kopf, in der stand, dass Eltern ihre Kinder anfangs noch etwas hässlich fänden, weil sie so verschmutzt und verknautscht herauskämen. Dort stand zwar auch, darüber solle man sich keine Sorgen machen, weil einem schon bald das eigene Kind wunderbarer als alles andere auf der Welt erschiene. Aber die Zweifel und Sorgen waren gesät. Was, wenn ich mein Kind einfach nicht mögen würde? Ich hörte zuerst einen Laut, bevor ich etwas erkennen konnte, es klang wie ein existenzielles *Glub.* Dann sah ich das Gesicht, das mir schöner vorkam als alle anderen, die ich in meinem Leben gesehen hatte. Ich konnte nicht glauben, dass ich für immer mit diesem Gesicht assoziiert sein würde, dass ich daran beteiligt war, dass es existierte.

Die ersten vier Monate hatte der Säugling starke Koliken und schrie viel. Ich hatte vor der Geburt einen Übersetzungsjob übernommen und saß während der Arbeit auf einem blauen Gymnastikball, damit ich das Kind auf einem Stillkissen liegend an der Brust haben und durch das Wippen beruhigen konnte. Wir waren etwas unbeholfen als Eltern, aber voller Liebe und Begeisterung für diese Person, die uns ihre Füße zum Küssen entgegenstreckte und mit den Fingern in unsere Münder fasste.

Vier Jahre später kam mein zweites Kind in Lund zur Welt. Wir waren nur wenige Monate zuvor von Berlin über Sardinien, wo wir ein halbes Jahr verbracht hatten, dorthin gezogen. Ich wusste sofort, dass ich schwanger war, musste aber mehrere Tests machen, bevor ich ein positives Ergebnis erhielt.

Ich hatte in der Zeit seit der Geburt meines ersten Kindes viele innere und äußere Veränderungen durchgemacht.

Ich war sehr auf mein Kind fokussiert und hatte vergessen, auf mich in diesem Danach zu schauen. Ich wollte keine perfekte Mutter werden, was auch immer das sein soll, ich wollte bloß die richtige Mutter für dieses Kind sein. Lund bot mir die Möglichkeit, meine Autonomie und meine Freiräume wiederzufinden. Ich trauerte nicht mehr meiner Doktorarbeit hinterher, die ich nach der ersten Geburt abgebrochen hatte, und begann ein Masterstudium, das mir Freude bereitete und sehr guttat. Und ich begann zu schreiben.

Die zweite Schwangerschaft und Geburt waren nicht einfacher als beim ersten Mal, aber ich konnte besser damit umgehen. Meine Kommiliton*innen waren voller Vorfreude auf das erste Institutsbaby und unterstützten mich auf rührende Weise. Manche führten unseren Hund spazieren, andere übernahmen mein älteres Kind für ein paar Stunden. Sie kamen manchmal zum Essen zu mir, statt in Bars zu gehen, und räumten im Anschluss die Küche auf. Ich fühlte mich nicht so verloren und unsicher wie beim ersten Mal.

Auch die medizinische Begleitung war anders als in Deutschland. Ich musste nicht zur Gynäkologin und hatte nur wenige Termine bei einer Hebamme. Ich hatte ihr erzählt, dass man in Deutschland ab meinem Alter von Risikoschwangerschaften spreche. Sie hatte davon noch nichts gehört und meinte, ich sei doch nicht krank. Ich fühlte mich wohl und saß noch einen Tag vor der Geburt im Seminarraum, auch wenn ich den Stift die meiste Zeit nicht halten konnte, um Notizen zu machen. Einen Monat nach der Geburt hielt ich einen Vortrag über meine geplante Forschung, während mein Professor im hinteren Teil des Raumes meinen Säugling herumtrug. Meine Hebamme fand alles prima und lobte mich dafür, so aktiv zu sein.

Wenig später rutschten meine Hüftknochen auseinander, eine Folge der Schwangerschaft. Ich hatte starke

Schmerzen und konnte mehrere Wochen nicht gehen oder sitzen. Ich kroch in dieser Zeit zwischen Badezimmer und Schlafzimmer hin und her und las beim Stillen des Säuglings auf Papier ausgedruckte Seminarliteratur über Demokratietheorien und Revolutionen.

Ich bin froh um diese Zeit und dieses Studium, auch wenn ich letztendlich meine Masterarbeit nicht fertiggestellt habe. Ich hatte mir als Thema den iranischen Exilfilm vorgenommen, was eine gute Folgearbeit zu meiner abgebrochenen Dissertation zum Trauma im Film gewesen wäre.

In gewisser Weise fühlt es sich wie ein akademisches Scheitern und sein Echo an. Ich hätte mich mehr durchsetzen oder mehr Hilfe einfordern oder meine Ziele anders definieren können. Aber in Verantwortungs- und Abhängigkeitsgefügen ist es nicht immer leicht, eigene Bedürfnisse zu artikulieren. Wollte ich also eine Utopie entwerfen, wäre eine ihrer ersten Prämissen, dass das Bestehen von Alltagskämpfen nicht glorifiziert würde. Ich sehne mich nach einer gemeinschaftlichen Arbeit daran, dass Menschen sich nicht mehr so oft in Kämpfen verlieren müssen. Ich weiß um die individuellen Faktoren, bin aber überzeugt, dass sie durch strukturelle Änderungen weniger folgenreich sein könnten. Es sollte als Selbstverständlichkeit erachtet werden, dass ein Leben gelebt werden kann und die Elternschaft gesellschaftlich ermöglicht wird.

Ich las, dass die schwedische Soziologin und Friedensnobelpreisträgerin Alva Myrdal dafür plädierte, dass der schwedische Sozialstaat sicherstellen müsse, dass arbeitende Menschen – sie sprach von Frauen – Kinder kriegen können. Währenddessen wird die Familienpolitik in Deutschland noch immer von der Vorstellung geprägt, dass das Gebären Priorität habe und die Arbeit gegebenenfalls ermöglicht werden könne. Es macht einen gravierenden

Unterschied, mit welchem Blick man auf das Leben jener schaut, die für die Reproduktion verantwortlich gemacht werden. Vermutlich ist die Entscheidung für eine Schwangerschaft unter den gegebenen gesellschaftlichen Bedingungen eine recht irrationale, zumindest wenn man eine Vision für das eigene Leben hat, die über das Dasein als erschöpfte Eltern hinausgeht.

Ich hadere jedenfalls nicht mehr mit meinem akademischen Lebenslauf, weil ich mit der Zeit erkannt habe, dass ich mich gar nicht in Strukturen behaupten möchte, die darauf aufbauen, dass viele andere niedergeschlagen werden. Nur weil Menschen die Teilnahme und der Zugang zu Institutionen und Strukturen nicht verboten werden, bedeutet es nicht, dass ihre Partizipation mitgedacht wurde. Nicht immer hat man die Kraft dafür, diesen Umstand zu ignorieren. Ich hatte sie jedenfalls nicht.

Natürlich bewege ich mich dennoch immer wieder in diesen Strukturen und muss mir eingestehen, dass ich unweigerlich von ihnen profitiere. Das ist nur möglich, weil andere das nicht können. Dieses Dilemma kann ich nicht einfach auflösen, weshalb es mir wichtig ist, dass ich mich nicht allzu bequem damit arrangiere.

Während der Suche nach einem Verlag für dieses Buch, das nur zur Hälfte geschrieben war, habe ich meinen dritten positiven Schwangerschaftstest in den Händen gehalten. Ich war zweifache Mutter und inzwischen im vierzigsten Jahr meines Lebens angelangt. Ich hatte keine ungewollten Schwangerschaften erlebt. Ich war mir sicher, dass ich diese Erfahrung nicht mehr machen würde, dass dieser Kelch an mir vorübergegangen war. Im Rückblick komme ich mir übermütig vor. Ich hatte das Thema als ein rein theoretisches behandelt, eines, das mich aus feministischer Sicht interessierte, aber nicht unmittelbar betraf.

Als ich das Ergebnis registriert hatte, dachte ich kaum

mehr als: nein. Nein, ich kann nicht. Ich kann nicht, ich kann nicht. Ich kann es nicht. Ich wollte nicht wieder zunehmen, ich wollte nicht all das angesammelte Wasser herumschleppen, ich wollte nicht schon wieder stillen und nach vergorener Milch riechen. Ich wollte keine schlaflosen Nächte, keine Sorge und ständige Zweisamkeit mit einem von mir vollkommen abhängigen Menschen, dem ich dann all meine Kraft und Zeit schenken würde. Es gab bereits zwei Menschen in meinem Leben, deren Wachsen ich begleitete, denen ich meine Liebe und Kraft und Aufmerksamkeit schenkte. Und es gab mich.

Ich hatte den Test gemacht, weil ich bereits Übelkeit verspürte beim Anblick von Essen, weil ich müder als sonst war, weil meine Brüste zu schmerzen begannen. Das Ergebnis überraschte mich also nicht. Ich konnte fühlen, auf welchem Kurs mein Körper war. Aber ich war überrascht, bei meiner Erfahrung mit Verhütung und Schwangerschaften dennoch in dieser Situation zu stecken. Doch die Entscheidung fiel unmittelbar, ich traf sie mit meinem gesamten Körper, einem erschöpften und unwilligen Körper.

Eine Stunde später rief ich die Frauenklinik in Kalmar an und erzählte, dass ich ein positives Testergebnis hatte und die Schwangerschaft abbrechen wollte. Die Krankenschwester am Telefon gab mir einen Termin für den Nachmittag. Mein Partner und ich saßen zusammen in der Küche, warteten darauf, dass es Zeit wurde loszufahren. Wir sprachen über die Möglichkeit eines weiteren Kindes, darüber, wie schön es wäre, eine dritte Kombination aus ihm und mir kennenzulernen. Wir sprachen über die Kinder, die wir bereits hatten. Sie waren in der Schule und der Kita und würden nicht mitkriegen, wo wir gewesen waren, bevor wir sie abholten. Ich vermisste sie, wollte ihnen in diesem Moment einen Kuss auf die Stirn geben und sie »Mama« sagen hören. Wir würden noch viele Jahre für sie da sein – für diese zwei Menschen, die es bereits in unserem Leben gab in all ihrer anspruchsvollen und liebenswürdigen Existenz. Wir würden versuchen, ihre Ängste abzufangen und ihr Selbstvertrauen zu stärken, wir würden Fehler machen und sie ihnen gegenüber eingestehen, damit sie einen freien, eigenen Blick auf die Welt aufbauen könnten. Da sein, greifbar sein, vorhanden sein.

In der Klinik trafen wir auf eine junge Hebamme, die sehr ruhig und freundlich mit uns umging. Sie stellte nicht in Frage, dass ich wusste, was ich tat. Bei der Untersuchung sagte sie, alles sehe sehr gut und gesund aus. Es sei eine reguläre, unauffällige Schwangerschaft in der allerfrühesten Phase. Ich war dabei, dem Wachsen in mir zu verweigern, dass es weiterwuchs.

Die Hebamme fragte mich, ob ich mich im Vorfeld oder im Anschluss beraten lassen wolle. Ich erklärte ihr, dass ich die Abtreibung so schnell wie möglich vornehmen wolle, weil mich die hormonelle Veränderung, die ich bereits wahrnahm, belastete. Ich sei sehr traurig und wolle nicht unnötig lange in diesem Zustand bleiben müssen. Ob ich im Anschluss eine Beratung benötigen würde, wisse ich noch nicht. Das sei kein Problem, sagte sie, das Angebot einer Beratung bleibe bestehen, ich könne auch später noch einen Termin vereinbaren. Dann fragte sie meinen Partner nach seinem Befinden und wie er sich mit meiner Entscheidung fühle. Er sagte, er fühle sich so wie ich, traurig und entschlossen. Sie gab mir ein Informationsblatt und zwei kleine Papiertütchen mit unterschiedlichen Tabletten darin. Eines für die Abtreibung, das andere gegen die Schmerzen. Wir einigten uns auf eine Uhrzeit für die Einnahme am nächsten Tag. Sie rechnete aus, wann ein Anruf bei mir fällig sein würde, und trug den Termin in ihren Kalender ein. Sie fragte mich, wie es mir nun gehe, und ich sagte ihr, ich fühlte mich verantwortungslos, weil ich alt und erfahren genug sein müsste, um mich nicht in dieser Situation zu befinden. Ich bin dankbar, dass sie in dem Moment weder gefühlig noch ausschweifend antwortete. Sie sagte lediglich, dass viele ihr diese Antwort geben würden und die Situation gar nicht so außergewöhnlich sei. Zu ihr kämen sehr viele Personen, die bereits Kinder zur Welt gebracht hätten. Dann versicherte sie sich, dass ich keine weiteren Fragen mehr hatte, und wünschte uns alles Gute. Es gab keine Eile und kein Gefühl der Routine, auch wenn sich alles sehr professionell anfühlte. Diese Frau wollte mir helfen und wusste, wie sie mir helfen konnte.

Als ich zu Hause ankam und das Informationsblatt las, verstand ich, wie viel Glück ich hatte, in diesem Moment in Schweden und nicht in Deutschland zu leben. Ich war nicht zu einem Beratungstermin verpflichtet, ich musste nicht mindestens drei Tage nach solch einer Beratung warten, ich musste nicht nach Hilfestellen und Ärzt*innen suchen, diverse Termine vereinbaren und auf sie warten, ich musste keine Kosten übernehmen und keinen invasiven Eingriff über mich ergehen lassen. Ich glaube, das alles hätte mir sehr zugesetzt, und ich denke seitdem oft an die vielen Menschen in Deutschland, die dem ausgeliefert sind.

Warum wird in Deutschland diese Erniedrigung und Bevormundung noch als sinnvoll und vernünftig betrachtet? Wie kann es sein, dass sich unsere Gesellschaft damit abfindet, dass Tausende Menschen durch dieses Prozedere einem immensen und völlig unnötigen psychischen Druck ausgesetzt werden? Dass ihnen vermittelt wird, sie könnten nicht eigenständig und informiert über ihren Körper und ihr Leben entscheiden?

Ich kenne die schönen und zarten Seiten, ein neues Menschenleben begleiten zu können. Ich habe am Tag, als ich die Tabletten einnahm, viel geweint und getrauert. Und ich habe mit den Selbstbezichtigungen, die mir von der

Gesellschaft in den Kopf gesetzt wurden, gekämpft. Aber ich habe nicht gezweifelt.

Ich glaube nicht, dass Tränen oder Zweifel obligatorisch sind oder dass ein späteres Bedauern die Entscheidung zu einer falschen macht. Niemand sollte ungewollt die Verantwortung für ein anderes Leben übernehmen müssen. Menschen ohne Gebärmutter werden prinzipiell von der Pflicht, sich zu kümmern, freigesprochen. Für sie besteht nicht der Zwang, sich um die Verhütung zu kümmern, sich um das wachsende Leben zu kümmern, sich um die gebärende Person zu kümmern. Um die vollgekackte Wäsche, das von den bohrenden Milchzähnen schmerzende Zahnfleisch, die verzweifelten Tränen an der Kita-Tür. Warum sollten Menschen diese Pflichten übernehmen müssen, sobald sie einen Uterus haben? Es ist undemokratisch, das Verlangen nach Selbstbestimmung und körperlicher Unversehrtheit zu kriminalisieren und moralisch abzuwerten, sobald jemand gebären kann. Es werden zu viele moralische Fallstricke kreiert, aber die einzige Unanständigkeit in solchen Fällen ist, wie grob und kaltherzig Menschen auf die Vorgänge in ihrer Gebärmutter reduziert werden. Kümmern wir uns denn ausreichend um die Kinder, die wir ihnen aufzwingen wollen? Wie kann man sich für den Respekt vor menschlichen Zellen einsetzen, aber ihnen weniger Wert beimessen, sobald sie als autonome Mitmenschen eine nur sie selbst betreffende Entscheidung fällen wollen? Fühlende, denkende Mitmenschen mit Lebensgeschichten.

An dieser gesellschaftlichen Aufgabe müssen wir noch wachsen. Es gibt bessere Wege. Ich wünsche mir, dass auch in Deutschland Menschen erlaubt wird, sie zu gehen, wie ich es konnte.

ÜBERQUERUNGEN

I've seen you see me navigate through foreign territory.

Lesley-Ann Brown

Auf meinem Weg von Öland nach Berlin reise ich über zwei Brücken. Zuerst kommt die Ölandbrücke, die von Färjestaden auf das schwedische Festland führt. Sie ist mit 412 Laternen ausgestattet, auf denen meistens Möwen und vereinzelt auch Seeadler sitzen. Ich halte immer Ausschau nach ihnen, weil es mir auch nach einigen Jahren auf der Insel wie ein Wunder vorkommt, diese großen Greifvögel aus nächster Nähe beobachten zu können.

Ich bin nicht am Meer aufgewachsen und habe es nur wenige Male im Leben zu sehen bekommen, bevor ich meinen Partner traf. Er hat seine Kindheit in einer englischen Kleinstadt direkt am Ärmelkanal verbracht und lebt seitdem bevorzugt auf Inseln. In den letzten zwölf Jahren war ich viel am Meer: am Mittelmeer in den vielen Monaten auf Sardinien, an der schwedischen Westküste in den Sommerferien und in den restlichen Monaten an der Ostsee, wo ich die Wiederkehr der Jahreszeiten und meine Kinder beim Wachsen beobachtete. Beide lieben das Meer, eins spricht oft davon, später einmal Meeresbiologie studieren zu wollen. Für sie ist es abenteuerlich, von der Klippe ins Wasser zu springen, vom Boot aus Makrelen zu fangen, eine Vielzahl an Strandkrabben in einem Eimer voller Wasser zu sammeln und dann alle zusammen auf dem Bootssteg freizulassen. Sie nennen das *krabb rejs*, zum

Ärgernis der älteren Familienmitglieder, die nicht so gerne Swenglish hören.

In diesen schwedischen Sommern an der Westküste bin ich die Einzige, die sich bei unseren Bootsausflügen unwohl fühlt, immer zu viel Kram mitbringt und gezwungen ist, voll bepackt auf allen vieren über die großen Steine runter zum Strand zu kriechen. Es liege mir nicht im Blut, sagt mein Partner. Ich wüsste zu gern, was mir stattdessen im Blut liegt. Vielleicht die Ortlosigkeit, das immerwährende Woandershin.

Die Ölandbrücke endet nach 6072 Metern in Kalmar, einer der ältesten Städte Schwedens. Das erste Mal sah ich sie zu Weihnachten, wenige Wochen bevor ich erfuhr, dass ich schwanger war. Der Vater meines Partners nahm uns mit in das zweistöckige und mit vielen kleinen Räumen ausgestattete Kullzénska Caféet in der Kaggensgatan, wo wir unter Kronleuchtern auf abgenutzten antiken Möbeln saßen und die traditionellen *semlor* aßen. Mehr als einmal im Jahr sollte man dieses Festtagsgebäck, das mit Hefe und Kardamom gebacken wird und mit Unmengen an *mandelmassa* und Sahne gefüllt ist, vermutlich nicht essen. Es war also ein perfektes Setting dafür. Nichts in diesem Café ist ironisch, weder die weißen Tischdeckchen auf den hölzernen Pflanzenständern noch die an den Wänden hängenden Porträts aus dem 19. Jahrhundert, auf denen mehr oder weniger fahl dreinblickende Menschen versuchen, ihre Bedeutsamkeit zu demonstrieren.

Ich fand alles sehr hübsch und verträumt und freute mich, dass die Winterwunderlandklischees über Schweden zu stimmen schienen. Vor allem fiel mir auf, dass die aggressiven Untertöne in den alltäglichen Interaktionen mit unbekannten Menschen fehlten, die ich aus Deutschland kannte. Die Menschen auf den Straßen und in den Geschäften vermittelten mir nicht das Gefühl, ich stehle ihnen Zeit oder stünde im Weg oder sei ein grundsätzliches Ärgernis. Und auch übergriffige Männer, die in der Öffentlichkeit zu viel Raum einnehmen, anderen Personen den Platz streitig machen oder ihnen unangebracht begegnen, gibt es kaum. Hat man sich daran gewöhnt, geht man anders durch den Alltag. Ich glaube, dass ich in meiner Zeit in Schweden gelassener geworden bin. Der Schritt in öffentliche Räume macht mich nicht zu einer anderen Person. Ich wappne mich nicht mehr innerlich für antagonistische Begegnungen, die entweder aus purem Stress oder aus einer sexistischen oder rassistischen Laune eines anderen Menschen heraus entstehen.

Selbstverständlich ist Schweden nicht ausschließlich für seine Gemütlichkeit und Glückseligkeit bekannt. In vielerlei Hinsicht bedient Kalmar auch die gängigen Vorstellungen eines arbeitsamen, freudlosen und unterkühlten Landes. Neben den puppenhaushaften Gassen, in denen man sich über Pferdekutschen kaum wundern würde, findet man nämlich auch den konsumorientierten Funktionalismus der großen Warenketten und Shopping Malls. Mich hat es anfangs sehr gewundert, dass man in diesen Gassen keine alteingesessenen Metzgereien oder Gemüseläden finden kann, dass es kaum schöne Buchhandlungen und Bäckereien gibt. Die Vorliebe für Folkloristisches, die unabhängig vom Alter zu sein scheint, ist in Schweden nicht verknüpft mit dem Bestreben, das Leben drumherum zu bewahren. Die Produkte zelebrieren das Vergangene – Großmutters eingelegte Gurken, Tante Annas Pfefferkuchen, Opas Branntweinkäse. Aber in Schweden kauft man diese Sachen in übergroßen Supermarktketten, die sich oft in übergroßen Einkaufszentren befinden und an jedem Tag im Jahr geöffnet sind. Es ist, um eine weitere abgenutzte Schwedentrope zu verwenden, wie mit den Buchattrappen in den Regalen bei Ikea – die Illusion ist überzeugend genug, um sich gemütlich mit ihr einzurichten, wenn man nicht genau hinschaut.

Über Länder zu schreiben bedeutet unweigerlich, sich in verdächtig einfach klingenden Urteilen und anekdotischen Erzählungen zu verheddern. Sobald man seine Beobachtungen und Beschreibungen nutzt, um zu analysieren und abzuleiten, schreibt man ihnen essenzielle Bedeutung zu. Daran dachte ich, als ich einen Brief las, den Susan Sontag 1969 in Schweden schrieb und in einem US-Magazin veröffentlichte. Sie war für Filmaufnahmen in das Land gereist und hatte erwartet, die gängigen Klischees widerlegt zu sehen, musste aber bestürzt feststellen, dass sie sich nur erhärteten: die schweigsamen Schweden, die zurückhaltenden Schweden, die alkoholsüchtigen Schweden. Sontags Beobachtungen sind scharfsinnig und stellenweise sehr komisch. Und sie sind auch nicht unwahr. Ich habe vieles wiedererkannt, selbst wenn Sontag all dies vor über fünfzig Jahren aufschrieb. Aber ich habe beim Lesen einen in mir wachsenden Widerwillen bemerkt, diese absolut klingenden Aussagen über ein Land und seine Menschen hinzunehmen. Nicht, weil ich nicht daran glaubte, dass spezifische Länder eine spezifische Lebensqualität und Alltagskultur hätten. Und auch nicht, weil ich dächte, Sontag habe den schwedischen Menschen besonders unrecht getan. Ja, ich finde es auch überraschend, wie willentlich trivial die Tischkonversationen sind, wie selten spontan Gefühle gezeigt werden, wie neurotisch der Umgang mit Alkohol ist. Aber wenn man mit Menschen auskommen möchte, dann muss man sich auf sie einlassen. Selbst wenn man dann merkt, dass man nicht mit ihnen auskommen kann. Aussagen über Mentalitäten stehen nur im Weg, dann verpasst man unter Umständen diese Feinheit oder jene Kuriosität und vor allem alles Dazwischen, das nie benannt und gesehen wird, weil es nicht zur Mehrheitsmentalität zählt. Wenn man hingegen das gesellschaftliche Gefüge verstehen möchte, sollte man die Orte der Macht und die der Abhängigkeiten ausfindig machen, sich damit beschäftigen, in welchen festgelegten Rahmen sich diese Menschen, die man trifft oder über die man nachdenkt, bewegen können und müssen. Die Spezifik der Lebensqualität und Alltagskultur wird nämlich nicht geprägt von den Klischees und Gerüchten, die man über sie hört, sondern von den institutionellen und materiellen Bedingungen, die man gemeinhin »das System« nennt. Natürlich wird es von Menschen erschaffen, aber es wächst und wuchert den Menschen ins Leben und meistens auch über den Kopf. Wer ist Teil dieser Länder, aber nicht ihrer Erzählungen? Wen bestärken und wen verdrängen sie?

Ich mache gelegentlich den Witz, dass ich für etwas zu deutsch sei. Der Witz funktioniert aber nur, weil niemandem einfallen würde, dass das auf mich zuträfe. Außer vielleicht Iraner*innen, die sich darüber wundern, warum ich nicht iranisch genug bin. Und was wäre das wiederum?

Ich möchte nicht dafür plädieren, dass wir aufhören, in Klischees über Länder und Nationen zu sprechen, aber es erscheint mir wichtig, nach der Funktion und Wirkung dieses Denkens und Sprechens zu fragen. Es gibt viele, zu viele Menschen, die jenseits von Territorien aufwachsen und leben, die sich durch Collagen bewegen, anstelle sich in einem naturalistischen Bild einnisten zu können.

An einem Samstagmittag ganz zu Anfang unserer Beziehung fuhren mein Partner und ich mit der S-Bahn an einen See irgendwo im Berliner Umland. Ich wollte ihm zeigen, wie schön es dort war, vermutlich weil ich ihn insgeheim überzeugen wollte, nach Berlin zu ziehen. Wir fanden eine kleine Gaststätte, die einen Innenhof hatte und deutsche Küche anbot. Wir saßen in der Sonne und unterhielten uns auf Englisch. Als der Besitzer kam, um unsere Bestellung entgegenzunehmen, fragte ich ihn auf Deutsch nach der Tageskarte. Er war sehr freundlich und antwortete mir auf Englisch. Dann schaute er zu meinem Partner und sprach ihn auf Deutsch an, was dieser nicht verstand. Also schaute der Mann wieder zu mir. Ich beharrte auf Deutsch, er sprach weiter in sehr schlechtem Englisch. Ich versuchte, geduldig zu sein, mich nicht aufzuregen, einfach darauf zu vertrauen, dass er schon bald merken würde, wie seltsam er sich benahm. Aber bis zum Ende der Bestellung veränderte sich nichts. Ich fragte ihn also, ob er nicht merke, dass ich deutsch mit ihm spräche. Er lächelte verlegen und sichtlich nervös und antwortete, es sei einfach so verwirrend. Dann bemühte er sich, mit mir deutsch zu sprechen, unsere gemeinsame Sprache. Er wollte mir nichts Böses, er wollte mich nicht beleidigen. Aber für ihn saßen dort eine Person, die deutsch aussah, und eine andere Person, die nicht deutsch aussah. Daraus machte sein Kopf dann das, was er daraus machte. Seine Absicht spielt keine Rolle. Nirgendwo werde ich in so wenigen Sekunden zur Ausländerin, wie in dem Land, in dem ich aufgewachsen bin.

In Schweden habe ich mich ein einziges Mal radikal ausgegrenzt gefühlt. Ich wartete mit ungewöhnlich vielen anderen Menschen in der Wartehalle des Kalmarer Bahnhofes, weil alle Züge verspätet waren. Ich war unterwegs nach Deutschland, befand mich also am Beginn meiner üblichen Reise. Auf einer Bank pöbelten zwei Personen: »Geht nach Hause, geht weg, wir wollen keinen ISIS hier.« Sie beschimpften zwei andere Personen, ein junges Paar, das etwas weiter von ihnen entfernt mit einem Kinderwagen stand. Das Kind darin war ungefähr zwei Jahre alt und schaute verschlafen, seine Eltern blickten vor sich hin. Die Attacke war willkürlich, aber nicht beliebig, weil der Vater ein dunkelhaariger Mann war und die Mutter ein

Kopftuch trug. Ich schaute mich um und wunderte mich verärgert, dass niemand widersprach, niemand sich einmischte. Also tat ich es. Es endete nicht heroisch, weil ich natürlich keine Retterin, sondern selbst ein Angriffsziel bin. Eine der pöbelnden Personen stand auf, baute sich vor mir auf und begann, mich anzuschreien. Für einen kurzen Moment hatte ich Angst, geschlagen zu werden. Ich schaute mich um und rief in den Wartesaal: »Wollt ihr nur rumstehen? Geschieht das mit eurem Segen?« Zumindest schaltete sich eine weitere Frau ein und sagte den beiden, sie sollten endlich aufhören. Das angegriffene Paar stand verlegen am selben Platz. Als die Situation sich auflöste, ging ich zu ihnen und entschuldigte mich. Sie waren sehr freundlich, aber für mich blieb das Gefühl, die Situation zur Eskalation gebracht und die Angegriffenen noch zusätzlich exponiert zu haben.

Später im Zug erschrak ich darüber, dass ich mich durch die Szene innerlich nach Deutschland versetzt fühlte. Diese Erlebnisse gehören zu der Textur meines deutschen Lebens, sie haben sich zu einem robusten Steinblock zusammengefügt: der Mitschüler, der mir ein blaues Auge verpasste, weil er mich zu dunkel fand; der Lehrer, der mich an den Haaren zog, weil ich ein freches, unerziehbares Ausländermädchen war; der Mann, der mich als Teenagerin beschimpfte, ich solle den Platz auf der Parkbank für anständige Deutsche frei machen; der Mann, der mit einer Bierflasche vor meinem Gesicht fuchtelte und mich eine dreckige Kanakin nannte; der Mann, der mir auf Facebook schrieb, ich Kanakenfotze müsse vergast werden; die anonymen Twitterer, die mich beschimpfen und zur Auswanderung auffordern; die vielen Personen auf diversen Ämtern, die mir immer wieder erklären, in Deutschland gebe es eben gewisse Regeln, womit sie implizieren, mir seien die Regeln und Sitten des Landes unbekannt.

Ich könnte die Liste fortführen, aber ich sehe schon längst keinen Wert mehr darin, diese persönlichen Verletzungen und Demütigungen zu wiederholen. Sie wurden oft genug von unzähligen Menschen erzählt.

Warum sollten Menschen immer und immer wieder Worte für ihre Ängste und Befürchtungen finden müssen? Warum sollten sie es zu einer lebenslangen Aufgabe machen, die Gesellschaft auf ihre Ressentiments hinzuweisen? Auf all diese hässlichen Dinge, die sie nicht zu verantworten haben, die aber unweigerlich mit ihnen verbunden sind? Allzu oft erfahren sie, dass ihnen nicht zugehört wird, sie nicht ernst genommen werden. Sie müssen ihre Wut und ihre Verzweiflung konsumierbar und möglichst harmlos formulieren, sonst droht ihnen, abgewehrt oder belächelt zu werden.

Wenn man einer Minderheit angehört, dauert es oft sehr lange, bis man Diskriminierung überhaupt als solche erkennt und sie ansprechen kann. Manchmal ist man mutig und wehrt sich, manchmal beißt man sich auf die Zunge und hofft, man könne das alles bald wieder vergessen. Oft merkt man erst viel später, was einem überhaupt widerfahren ist.

Ich selbst begegne ungeachtet der Reaktionen immer wieder einer inneren Grenze, die mir anzeigt, ich solle nicht zu weit gehen, nicht alle Brücken abbrechen. Nicht nur, um den Vorwurf der Übertreibung abzuwenden, sondern auch, um mich nicht zu verletzbar zu machen. Sobald man über Diskriminierung spricht, zieht sie weitere nach sich. Man wird zur undankbaren Fremden. Das muss man aushalten können, weil man damit meistens alleine bleibt.

Die daraus resultierende innere Anspannung war einer der Gründe, weshalb ich die Idee auszuwandern gut fand. Woanders leben, eine richtige Ausländerin sein, auch auf den zweiten Blick. In dieser Zeit konnte ich mich von einigen Vorstellungen über mich selbst und über Deutschland befreien. Ich habe verstanden, dass die Bemühung dazuzugehören, indem man Teile von sich unsichtbar macht, einer Selbstverletzung gleichkommt. Ich gehöre bereits dazu, es gibt keine Einheit, kein zusammenhängendes Gebilde, in das ich mich erst hineinarbeiten müsste. Trotzdem muss ich manches von dem, das ich bin, zurücknehmen, damit andere das, was sie sind, nicht zurücknehmen müssen. Das klappt nur, wenn die meisten mitmachen. Ich empfinde das nicht als Zumutung, weil ich lieber in einer Gesellschaft leben möchte, in der Menschen sich nicht verdrängt und ungehört fühlen. Also schreibe ich trotz innerer Grenze, versuche, sie zu überqueren und Worte und Erklärungen zu finden, die andere hören und verstehen. So meine schwache, bittere Hoffnung.

Gelegentlich stocke ich, fühle mich niedergeschlagen und naiv. So wie jetzt, während ich dies schreibe. Weil Menschen Angst haben, weil Menschen bedroht werden, weil sie Verfolgung und Gewalt erfahren, weil es um mehr geht als um Worte und Erkundungen von Mentalitäten. Vor ein paar Tagen erst las ich eine Passage bei Annemarie Schwarzenbach, die mir jetzt wieder einfällt:

> Wenn wir schon zuweilen grundlos glücklich sind, so dürfen wir doch keinesfalls auf die gleiche Weise unglücklich sein. Und in einer strengen Zeit wie der heutigen muss es jedem leicht fallen, sich den richtigen Feind und das Schicksal zu wählen, welches seinen Kräften gebührt.

Die Schweizer Schriftstellerin und Journalistin schrieb dies in ihrer Vorbemerkung zu *Tod in Persien*, also in dem Land, in dem ich einige Jahrzehnte später zur Welt kam. Sie schrieb viel über das Reisen, über Länder, die ihr fremd waren, und die Menschen, die sie dort traf. Sie reiste, während die Nazis in Deutschland an die Macht kamen und einige ihrer Familienmitglieder wohlwollend auf diese Entwicklung im Nachbarland schauten. Schwarzenbach wollte erkunden, aber sie floh auch.

Die Vorstellung, sein Schicksal wählen zu können, kommt mir angesichts der historischen wie auch gegenwärtigen Gräuel, die Deutschland und Europa zu verantworten haben, antiquiert und falsch vor. Sein Schicksal wählen zu können, überhaupt sich dieser Vorstellung hingeben zu können, ist nur wenigen vergönnt. Schwarzenbach genoss – selbst als lesbische Frau – viele Privilegien. Und sie entfloh auch nicht allem, zum Beispiel den eigenen Rassismen beim Blick auf die Länder, die sie bereiste, und die Menschen, die sie besuchte. Niemand ist frei von den Prägungen seiner Zeit oder seines Umfelds. Sich dessen bewusst zu werden, ist wichtig, daran zu arbeiten, sie nicht fortzuführen und weiterzugeben. Also hat Schwarzenbach in dieser Sache doch recht, man sollte versuchen, den Ursachen nachzugehen, all dem Widerstand leisten, was einem schadet und Unglück beschert.

Mir fehlt oft die Kraft, ich bin nicht so robust und mutig, wie ich es gern wäre. Aber ich möchte das, was in mir steckt, dafür aufbringen. Ich glaube, so lebt man tatsächliche Einheit, wenn man diesen Begriff verwenden möchte – als solidarisches Sehen und Handeln, ohne sich von dem Trennenden und Widersprüchlichen aufhalten zu lassen. Ich als niemals Gleiche kann und will nicht daran glauben, dass man gleich sein muss, um kollektiv zu handeln.

Viele dieser Emotionen und Gedanken begleiten mich, wenn ich in Kalmar in den Öresundståg steige, um nach Deutschland zu kommen. Ich fahre durch Südschweden und schaue aus dem Fenster, male mir aus, wie es wohl wäre, aus einem der vorbeiziehenden Orte zu stammen, ihn nie verlassen zu haben. Würde ich dann die Tage ganz anders verbringen, andere Dinge sagen und denken und tun und essen? Vermutlich nicht, warum auch?

Wenn der Zug zwischendrin hält, sehe ich manchmal an den Schienen kleine Bäumchen wachsen, kaum mehr als ein Ast mit ein paar Blättern oder Nadeln. Der Wind hat ihnen diesen Ort zum Wachsen beschert, bald wird sie jemand mit der Wurzel aus dem Boden ziehen. Sie hätten groß und stark werden können, aber der Wind wehte ihre Samen an einen dafür ungünstigen Ort.

Kurz vor der Ankunft am Kopenhagener Flughafen kommt der Zug über die zweite Brücke meiner Reise, die Öresundbrücke, die Schweden und Dänemark verbindet und sowohl eine Auto- als auch eine Eisenbahnbrücke ist. Sie trägt gleich drei lokale Namen, weil die beiden Länder sich auf einen dritten Hybridbegriff geeinigt haben, der die dänische Bezeichnung Øresund für die Region und die schwedische Schreibweise von Brücke, nämlich *bron*, zusammenführt: Øresundsbroen, Öresundsbron, Øresundsbron.

Ebenso wie die Ölandbrücke führt sie über das Meer und steht für Superlative der Brückenarchitektur. Bevor die beiden Brücken gebaut wurden, waren diese Passagen aus rein physischen Gründen nicht so leicht zu meistern. Man musste eine Fähre oder ein Boot nehmen und war abhängig von den Wetterverhältnissen. Aber selbst wenn es heute verbesserte Transportwege und -mittel gibt, kann es noch immer Erschwernisse und Hürden geben, bloß aus anderen, von Menschen festgelegten Gründen, wie etwa der Staatsangehörigkeit.

Die Zugfahrt von Kalmar nach Kopenhagen dauert dreieinhalb Stunden und führt durch Skåne, der südlichsten Provinz des Landes, die in den letzten Jahren vor allem in den ländlichen Teilen zur Hochburg der rechtsradikalen Schwedendemokraten geworden ist. In diese Region sind mein Partner und ich mit unserem ersten Kind gezogen, als wir nach Schweden auswanderten. Wir wohnten zwei Jahre lang in einem kleinen gelben Haus gegenüber vom Stadsparken im Zentrum von Lund. Abgesehen von den Nachrichten habe ich dort nicht viel von den Schwedendemokraten und davon, wofür diese Partei steht, mitbekommen. Einzig die nationalistischen Fackelzüge, die trotz Verbots seit Jahrzehnten am 30. November im Gedenken an Karl XII. durch die Stadt ziehen, erinnerten uns daran, dass wir auch hier nicht in einem pluralistischen Paradies gelandet waren.

Ich habe dennoch gern in Lund gelebt, was vor allem an den Menschen lag, die ich in dieser Zeit kennengelernt habe. Die Universität war für mich ein sehr gemütlicher und inspirierender Ort zum Lernen. Wie kann man seine Vielfalt beschreiben, ohne grob zu sein oder zu verklären? Mir fallen etwa die Muttersprachen meiner Kommiliton*innen ein: Albanisch, Amazigh, Arabisch, Englisch, Dänisch, Georgisch, Griechisch, Italienisch, Katalanisch, Kasachisch, Persisch, Russisch, Tigrinya, Türkisch, Schwedisch, Slowakisch, Sorani, Swahili. Aber selbst das kommt mir zu statisch und banal vor. Sie alle beherrschten mehr als eine Sprache, hatten mehr als eine gerade durchs Leben führende Linie. Ich war älter als die anderen in meinem Kurs, die einzige Mutter und die einzige Schwangere, aber zum ersten Mal fand ich mich in einer Gruppe wieder, die mir nicht vermittelte, exotisch zu sein. Wir mussten alle weit ausholen, wenn wir darüber reden wollten, woher wir kamen und an welchen Orten wir bisher gewesen waren. Meine Geschichte war lediglich eine unter anderen, nicht die Geschichte *der* Anderen.

Im Kreis dieser Gruppe bemerkte ich erstmals, wie sehr

ich mich an gewisse Privilegien gewöhnt hatte, wie selbstverständlich ich etwa in Züge und Flugzeuge steige, um über Grenzen zu reisen. Zum Beispiel, als ich 2015 von Deutschland nach Schweden auswanderte. Meine Entscheidung fiel freiwillig und ohne Hindernisse, ich musste lediglich den Umzug organisieren und mich ummelden. Wenn mir also der Sinn danach steht, kann ich von Schweden über Dänemark nach Deutschland reisen, mit drei Währungen im Portemonnaie und einem dunkelroten Pass in der Tasche. Ich erinnere mich noch vage an die Zeit, als ich einen Reiseausweis für Flüchtlinge hatte, an Visaanträge und Probleme an Grenzen, aber diese Erinnerungen lösen kein Gefühl der Demütigung mehr in mir aus. Keine Person ist bloß Flüchtling, keine Person sollte für immer Flüchtling sein müssen.

2015 war auch das Jahr, in dem die Pegida-Mentalität für alle sichtbar bis in die Mitte vordrang, das Jahr, in dem man von »Flüchtlingskrise« sprach, obwohl es sich um eine Menschenrechtskrise handelte. Schweden und Deutschland nahmen in dem Jahr die meisten Asylsuchenden auf. Das erleichterte mich in gewisser Weise, weil ich nicht weiß, wie ich mich gefühlt hätte, wenn die Länder, zu denen ich eine intensive Beziehung habe, sich noch schuldiger an den fliehenden Menschen gemacht hätten als ohnehin schon. Menschen, die vor Krieg, Not und Verfolgung nach Europa geflohen waren und nicht auf dem Weg dorthin ihren Mut, die finanziellen Mittel oder gar ihr Leben verloren hatten. Viele davon im Mittelmeer.

Jedes Mal wenn ich die Öresundbrücke passiere, erinnere ich mich daran, wie die Flüchtenden damals zum Anlass genommen wurden, die Grenzkontrollen zwischen Dänemark und Schweden wieder einzuführen. Seitdem hält der Zug sechs Minuten lang im schwedischen Hyllie; wenn die Grenzpolizei einsteigt, müssen sich alle an Bord ausweisen.

Ein paar meiner Kommiliton*innen wurden in Hyllie aus dem Zug geholt, weil sie nicht die richtigen Papiere hatten. Sie wohnten in derselben Stadt wie ich, durften sich aber nicht aus dieser Stadt fortbewegen, wie ich es durfte. Diese zehn Minuten, die die Fahrt über die Brücke dauert, waren entscheidend. Sie mussten das Picknick am Amager Strand absagen, konnten nicht mit zum Ausflug nach Christiania, hatten keine Möglichkeit, sich zu Lesungen, Ausstellungen und Konzerten zu verabreden. Sicherlich keine Tragödie, doch eine unnötige und willkürliche Demütigung für Menschen, denen vermittelt wird, dass die Dokumente, die ihnen zur Identifikation ausgestellt worden sind, auch den ihnen zugesprochenen Wert festlegen. Ein ägyptischer Pass, ein arabisch klingender Name, das Foto einer Person mit dunkelbraunen Haaren und Augen. An der Grenze zählte nicht, dass die Person in Schweden studierte, queer war, viel kicherte und sehr hitzig im Seminar debattierte, sich liebevoll um Freundschaften bemühte und gerne Filme guckte. Egal auch die Tränen der Eltern beim Abschied in der Heimat, die Sorgen der Geschwister nach dem Coming-out, die Wünsche und Ängste dieser Person. Kann man diese Dinge überhaupt beachten? Wie kann man sie nicht beachten?

Interessen, Pläne, Entfaltung, Bewegungsfreiheit – all das zählt weniger als das Kontroll- und Sicherheitsgefühl derer, die die richtigen Papiere besitzen. Wobei beides, insbesondere wenn es durch noch mehr staatliche Restriktionen hergestellt werden soll, wieder an die Ikea-Buchattrappen erinnert. Die Illusion der Gemütlichkeit löst sich auf, sobald man genauer hinsieht.

Ein Bekannter, der in dem Jahr nach Deutschland kam, in dem ich das Land verließ, erzählte mir von einer seiner Reisen. Sie nahm ihren Anfang, als er fast fertig mit seinem Jurastudium war. Bereits als Student hatte er eine Anstellung in einem Unternehmen für Medizintechnik, weil er davon ausging, dass er nicht als Jurist würde arbeiten können. In dieser Zeit rief ihn sein Bruder aufgeregt an und sagte, er dürfe ab sofort nicht in seine Wohnung zurückkehren. Man suche nach ihm. Für ein paar Tage versteckte er sich bei einem Freund, dann floh er über die Grenze. Die Leute, die ihn suchten, wollten ihn zum Militärdienst in ein Kriegsgebiet einziehen, das wollte wiederum er nicht. Also musste er seine Eltern und Geschwister zurücklassen und sich an eine neue, ferne Umgebung gewöhnen. Immerhin verstand er die Sprache, auch wenn der Dialekt sehr anders als sein eigener war. In dem neuen Land verkaufte er eine Weile lang Kleidung, bis er einen akzeptablen Job in der Medizintechnik fand. Er arbeitete, zahlte Steuern, schloss Freundschaften. Aber sein Aufenthaltsstatus blieb ungewiss, er konnte nicht planen, er konnte nicht ankommen. Er erhoffte sich bessere Chancen in einem weiter nördlich liegenden Land. Dort merkte er aber bald, dass er nicht mehr in einem autoritären Staat leben konnte. Er wollte einen guten Job finden, Urlaub machen, Menschen kennenlernen, sich verlieben, sich frei fühlen. All das, was er sich in seinem Geburtsland ausgemalt hatte, bevor der Staat Millionen Lebensträume überrollte. Wenn er all das ohnehin aufgegeben hatte, wenn er ein *refugee* sein musste, so sagte er mir, warum dann nicht an einem besseren Ort? Sein erster Versuch, weiter nach Norden zu kommen, schlug fehl. Er war in Begleitung und wollte zu Fuß über die Grenze, wo seine Gruppe abgefangen, ein paar Stunden festgenommen und dann zurückgeschickt wurde. Nachdem er sich von dem Schock erholt hatte, versuchte er es einige Monate später erneut. Dieses Mal sollte ein Boot ihn ans Ziel bringen. Noch heute besitzt er sein altes Telefon und die Rettungsweste, die er damals trug. Erst nach der Reise habe er erfahren, dass die Weste gar nicht funktionstauglich war und sein Leben nicht gerettet hätte. Sie ist eine Mahnung geworden, eine Erinnerung daran, was er riskiert hat, um ein anderes Leben zu führen. Das Risiko war hoch. Vierzehn Tage lang saßen 250 Menschen zusammen auf einem kleinen Boot und hofften, dass sie nicht bis in alle Ewigkeit eine Schicksalsgemeinschaft bleiben würden. Ich fragte ihn, ob er mir erzählen wolle, was das Schlimmste an dieser Reise gewesen war. Er schüttelte mit dem Kopf, als er mir antwortete: »Alles. Einfach alles. Vom Gestank bis hin zur Schlafsituation. Das Wetter. Jedes Mal wenn etwas vorfiel, wenn zum Beispiel der Wind stärker wehte, hörte man zuerst die Kinder. Dort waren Babys. Und du hörst die Mütter schreien. Es fängt an zu regnen. Und du denkst dir, wenn etwas passiert, wer soll helfen? Du kannst dir noch nicht einmal selbst helfen. Und diese Gedanken hast du immer, in jedem Moment. Alles, was du siehst, ist das Meer, Wasser und nichts als Wasser. Ich denke noch oft daran.«

Vor der Überfahrt hatte er sich Mut zugesprochen, indem er sich die mathematische Wahrscheinlichkeit für sein Überleben ausrechnete. Noch einmal, sagte er mir, würde er nicht auf das Boot steigen.

Diese Reise ist nicht die eines Einzelnen. Er saß mit 249 anderen Menschen auf dem Boot, und es gibt Tausende weiterer solcher Boote mit Hunderttausenden weiteren Menschen. Der kurdische Journalist Behrouz Boochani, der ebenfalls auf solch einem Boot saß und unvorstellbare sechs Jahre im Internierungslager auf Manus Island festgehalten wurde, schreibt in seinem Buch über seine Erfahrungen: »Brächte man mich an den Ort zurück, von dem ich aufgebrochen bin, wäre es für mich das Todesurteil.«

Dieses Trauma, dass das Trauma von vielen ist und das Trauma unserer Dekade sein wird, hat nicht das Meer zu verantworten. Denn wir haben stabile Schiffe und Brücken gebaut, wir verfügen über Autos und Straßen, wir haben ausreichend sichere Wege erschlossen. Aber wer ist schon wieder dieses Wir? Es ist jenes, das nimmt und nicht gibt, weil es denkt, alles stehe ihm zu. Das Wir, das reist und erobert, aber anderen untersagen möchte, sich frei zu bewegen. Migration sei die Mutter aller Probleme, sagt dieses Wir und unterschlägt dabei, dass sie schlichtweg die Mutter von allem ist. Es reicht mit diesem Wir, das nur Probleme sieht, das abwertet und sich satt und selbstsüchtig abwendet, das nicht zuhört und nicht lernt. Wenn man mit vernünftigem Blick darauf schaut, hat es kaum noch etwas mit der Realität zu tun. Warum weigert es sich, den Vielklang dieser Realität anzunehmen? Warum hat sich der Missmut so in die Substanz unseres gesellschaftlichen Zusammenlebens gefressen?

Jedes Mal wenn ich in Deutschland ankomme, sobald ich aus dem Flugzeug steige, trifft mich der Mistral des deutschen Alltagsgestänkers: kaum Zeit, kaum Geduld, kaum Lust, kaum Wärme. Natürlich lächeln Menschen auch zurück oder bitten beim Vorbeidrängeln um Verzeihung. Der individuelle Mensch ist selten das Problem, ich spüre nur sehr deutlich den Wechsel von einem allgemeinen Gesellschaftsklima zum anderen. Es macht mich traurig und es macht mir Angst. Denn auch wenn in Schweden eine gewisse Distanz und soziale Behäbigkeit dominieren und auch wenn die rechtsradikalen Stimmen dort ebenfalls lauter geworden sind, fühle ich mich nicht so bedroht wie in Deutschland.

In den letzten Monaten habe ich oft an etwas gedacht, das John Berger in *Confabulations* schrieb, einer der letzten Veröffentlichungen, bevor er mit neunzig Jahren verstarb:

> Skandinavien ist dünn besiedelt, und wenn die Bewohner einmal direkt Seite an Seite leben oder eine

> Menge bilden, vermeiden sie doch, zu einer Masse zu werden. Im streng physikalischen Sinn des Wortes bleiben sie heterogen. Das Widerstreben, sich zu vereinen, oder das Bedürfnis, für sich zu bleiben, ist nicht einfach ein Ausdruck von Individualismus, denn in anderer Hinsicht sind die gleichen Menschen folgsam, voller Bürgersinn und Tradition.

Nun ist auch dies wieder eine dieser Aussagen über eine Region und ihre Menschen. Für mich ist allerdings zweitrangig, ob sie tatsächlich auf die skandinavischen Länder zutrifft oder nicht. Interessant finde ich vielmehr, wie sehr sie im Kontrast steht zu meiner Wahrnehmung des Landes, in dem ich aufgewachsen bin. So etwas könnte ich über Deutschland niemals schreiben.

Berger benutzt im englischen Original den Begriff *incoherent*, um die zusammenkommende Masse zu beschreiben. Darin steckt für mich vor allem eine metaphysische Ebene, eine Verweigerung, eine Ideologie zu *verkörpern*. Wie schnell finden sich dagegen in Deutschland kohärente Massen zusammen?

Ich muss gar nicht so lange überlegen. Noch immer erschauere ich beim Gedanken an die ersten Pegida-Demonstrationen 2015 oder die Naziaufmärsche in Chemnitz, die sich 2018 so schnell zusammenfanden. Das Hochhalten der geglückten Vergangenheitsbewältigung der Deutschen ist Augenwischerei. Dieses Land neigt noch immer zu extremer Politik. Das kann man allein daran erkennen, wie schnell menschenverachtende Töne in den Mainstream vordringen. Für jene, die Ziel dieser Menschenverachtung sind, ist Angst zum Teil ihres Alltags geworden. Ich finde das ungeheuerlich.

Wenn ich kurz innehalte und mich umschaue, kann ich kaum glauben, wie zaghaft die politischen Reaktionen sind, wie wenig gesellschaftlicher Widerstand geleistet wird. Wir skandalisieren zwar jede neue rechtsradikale Polizei-Chatgruppe, jede diskriminierende Aussage von Prominenten, jeden gewalttätigen Angriff auf Minderheiten, aber was wird real und greifbar getan und in unseren Institutionen, in unserem Zusammenleben verbessert?

In den Jahren, seit ich Deutschland verlassen habe, hat sich das Land ganz offensichtlich verändert. Nun bin ich wieder hier und weiß, dass nicht nur ich das sehe. Doch noch viel mehr Menschen müssten nicht nur hinsehen, sondern laut und beständig verkünden, dass diese Entwicklung nicht mit ihrem Segen geschieht. Menschen, die entschlossen sind und nein sagen zur Barbarei – in ihnen und um sie herum.

DANKE

Céline Meiner für die beste Betreuung, die ich mir je hätte wünschen können. Ohne dich gäbe es dieses Buch nicht. Und Dank an Berit Glanz, dass sie uns einander vorgestellt hat.

Sarah Houtermans für den Zuspruch und den umsichtigen, klugen Blick auf meine Texte. Es ist ein absolutes Geschenk, dich als Lektorin zu haben und mit dir zusammenarbeiten zu dürfen.

Tim Jung und dem gesamte Team von Hoffmann und Campe für das Vertrauen und die Unterstützung.

Rothfos & Gabler für das schöne Cover, es komplementiert und interpretiert die Texte auf sehr gelungene Weise.

Der stiftenden Person des Caroline-Schlegel-Preises, der Jury des Jahres 2020 – Sandra Kerschbaumer, Dorothee Schmitz-Köster und Jens-Fietje Dwars – und dem Romantikerhaus Jena für den Hauptpreis, der mich von nun an mit der Stadt und ihrer Geschichte verbindet.

Katrin Lange und der Bayerischen Akademie des Schreibens sowie Wolfgang Büscher und Hanna Schuler für das lehrreiche Sachbuchseminar und das nette Zusammensein.

Nedal Haddad fürs Teilen seiner Geschichte. I wish you only the best … and peace.

Georg Diez, Lena Gorelik, Dmitrij Kapitelman, Florian Kessler, Jean Peters, Monika Rinck, Sibel Schick und Fabian Wolff für ihre Zeit, Unterstützung und immense Großzügigkeit beim Lesen.

Sarah Berger, Christiane Frohmann, Lukas Hermsmeier für ihre Freundschaft. Ihr habt mich durch diese Zeit getragen, was für ein großes Glück ich habe.

Anna Frandsen und Ariane Pauls, irgendwie seit immer und hoffentlich für immer.

Uta von Mallinckrodt und Peter von Mallinckrodt, die tollsten Zusatzeltern, ihr seid ein Teil meines Fundaments.

Massoud für meine ersten Erinnerungen, es waren wichtige und schöne.

Gudrun and Bengt Koch for your generosity and kindness and so much more I could never put into words. I wish you had a palace and a royal garden!

Henning Koch for your love and forgiveness, the years of staying and growing. Thank you, my dearest friend.

LITERATUR

Arendt, Hannah: *Wir Flüchtlinge*, aus dem Englischen von Eike Geisel, Reclam 2016, S. 10.

Arendt, Hannah: »Das Bild der Hölle«, in: dies.: *Nach Auschwitz. Essays und Kommentare I*, herausgegeben von Eike Geisel und Klaus Bittermann, Edition Tianmat 1989, erstmals 1946 erschienen, S. 50.

Behrens, Antonia von (Hrsg.): *Kein Schlusswort, Nazi-Terror, Sicherheitsbehörden, Unterstützernetzwerk, Plädoyers im NSU-Prozess*, VSA: Verlag 2018.

Benario, Olga und Prestes, Luiz Carlos: *Die Unbeugsamen, Briefwechsel aus Gefängnis und KZ*, herausgegeben von Robert Cohen, Wallstein Verlag 2013.

Benjamin, Walter: *Charles Baudelaire. Ein Lyriker im Zeitalter des Hochkapitalismus*, in: Gesammelte Schriften. 1. Band, herausgegeben von Rolf Tiedemann und Hermann Schweppenhäuser, Suhrkamp Verlag 1991, S. 683.

Berger, John: *Ein Geschenk für Rosa*, aus dem Englischen von Hans Jürgen Balmes, Carl Hanser Verlag 2018, S. 35.

Boochani, Behrouz: *Kein Freund außer den Bergen. Nachrichten aus dem Niemandsland*, aus dem Englischen von Manfred und Gabriele Kempf-Allié, btb Verlag 2020.

Brasch, Thomas: *Was ich mir wünsche, Gedichte aus Liebe*, Suhrkamp Verlag 2007, S. 10.

Brown, Lesley-Ann: *Decolonial Daughter, Letters from a Black Woman to her European Son*, Repeater Books 2018.

Coetzee, J. M.: *Warten auf die Barbaren*, aus dem Englischen von Reinhild Böhnke, S. Fischer Verlag 2003, S. 49 f.

Cusk, Rachel: *Transit*, aus dem Englischen von Eva Bonné, S. 184. © Rachel Cusk 2016. © der deutschen Übersetzung Suhrkamp Verlag Berlin 2017

Fanon, Franz: *Rassismus und Kultur*, zitiert nach Mark Terkessidis: *Wessen Erinnerung zählt?, Koloniale Vergangenheit und Rassismus heute*, Hoffmann und Campe 2019.

Giordano, Ralph: *Die zweite Schuld*, Kiepenheuer & Witsch 2000, S. 39.

Hall, Stuart: *Vertrauter Fremder*, aus dem Englischen von Ronald Gutberlet, Argument Verlag 2020, S. 31/32.

Hofmeyer, Hans: Mündliche Urteilsbegründung am 182. Verhandlungstag des 1. Frankfurter Auschwitz-Prozesses »Strafsache gegen Mulka u. a.«, 4 Ks 2/63, am 19.08.1965, dokumentiert auf der Seite des Fritz Bauer Instituts unter: https://www.auschwitz-prozess.de/zeugenaussagen/Urteilsbegruendung_1/ (zuletzt abgerufen am 15.11.2020)

Jens, Walter: *Die Ermittlung in Westberlin*, in: Peter Weiss: *Die Ermittlung*, einmalige Sonderausgabe 2008, Suhrkamp Verlag 1965, S. 205 ff.

Kavafis, Konstantinos: *Das Gesamtwerk*, herausgegeben und aus dem Griechischen übersetzt von Robert Elsie, Ammann Verlag 1997.

Lessing, Doris: *Das goldene Notizbuch*, aus dem Englischen von Iris Wagner, S. Fischer Verlag 2019, S. 431.

Miller, Arthur: *All My Sons*, Diesterwegs Neusprachliche Bibliothek, Verlag Moritz Diesterweg 1975.

Preciado, Paul B.: *Ein Apartment auf dem Uranus, Chroniken eines Übergangs*, aus dem Französischen von Stefan Lorenzer, S. 290. © Paul B. Preciado 2019, 2020. © der deutschen Übersetzung Suhrkamp Verlag Berlin 2020.

Ramelsberger, Annette et. al.: *Der NSU-Prozess, Das Protokoll*, Band 1 und 2, Schriftenreihe der Bundeszentrale für politische Bildung 2019.

Said, Edward: *Reflections on Exile, And Other Literary And Cultural Essays*, Granta 2012.

Satta, Salvatore: *Der Tag des Gerichts*, aus dem Italienischen von Joachim A. Frank, Suhrkamp Verlag 1996.

Schlegel, Friedrich: *Athenäums-Fragment Nr. 116*, in: Kritische Friedrich-Schlegel-Ausgabe, herausgegeben von Ernst Behler, erste Abteilung: Kritische Neuausgabe, zweiter Band: Friedrich Schlegel. Charakteristiken und Kritiken I (1796–1801). Schöningh Verlag 1967, S. 182 f.

Schwarzenbach, Annemarie: *Tod in Persien*, Lenos Verlag 2003, S. 9.

Sontag, Susan: »A Letter from Sweden«, in: *Ramparts Magazine*, July 1969.

Thürmer-Rohr, Christina: *Fremdheiten und Freundschaften*, Essays, transcript 2019, S. 13.

Unvar, Serpil Temiz zitiert nach Carolina Torres: »Ich erschrecke immer noch, wenn ich seinen Namen unter denen der Verstorbenen sehe«, in: Spiegel Online, 24.08.2020, https://www.spiegel.de/panorama/hanau-19-2-serpil-temiz-unvar-ueber-ihren-sohn-ferhat-unvar-a-87bec47d-939b-4fbc-8ffa-616f21717874 (zuletzt abgerufen am 15.11.2020)

Weiss, Peter: *Die Ermittlung, Oratorium in 11 Gesängen*, S. 194. © Suhrkamp Verlag, Frankfurt am Main 1965. Alle Rechte bei und vorbehalten durch Suhrkamp Verlag Berlin, S. 194.